治理一专治既是其实存实治实施，也是一种反实这种政治则实的重要理论，同明治是一种分析政治观象的理论，作为一种集现政治如了理解，有提实他的积况及之分析方法末，治理如有的实方具有己完其的积点，首先，它实代了实治与实制的思解，其实，实分了政治实现际，它对其实方这民的重视，其次，它扩展了政治实现的方向，将治理研实充方法分析一个地方或一个国家的政治发展，充需关注其治理的实境，如社会环境、实治环境、经济环境、文化和社会心理环境，治理的结构，口以体代的积及其政治中的身色，政实机及实方治理中的身色，学现那分机积成要充范的中的身色，充末治理结构的作用，各种治现也实之间的相关关系，治理的生态实现代表，政治实状态，国末过度，行政过度，监督过度，政治改策，参与过度，治理的方法，如行现的会、政治说，法律说明、国际教育、文实教育、经济积实、资政、合作、实力、意识积的化、实政参和实治积实，治理的意义，包括实现治理的主要变化，我三治理的内实，对治理的评价，治理与治方民主，治理与经济发展，治理与社会积实

Democracy is A Good Thing:
Dialogue With Professor Yu Keping

民主是个好东西

——俞可平访谈录

闫　健◎编

社会科学文献出版社
SOCIAL SCIENCES ACADEMIC PRESS(CHINA)

目 录

前　言

　　谢寿光社长数度敦促我将近年来的一些访谈辑集出版。他的想法不无道理，因为访谈的问题往往是学术界的热点问题，访谈者面对媒体也总是用简洁明快的语言表达自己的看法，故而，访谈录倒不失为集中展示学者观点的一条捷径。我不是那种明星型的学者，一般不接受媒体采访。经常的情况是，当记者访谈的问题也正是我希望引起社会关注时，我便欣然接受采访；或者当觉得某些问题需要引起关注时，我便主动向编辑记者约访。由于这个原因，我的访谈文章并不多，这个集子差不多收录了我的全部访谈。

　　我把这个集子起名为《民主是个好东西》，这是我2005年在接受香港《大公报》记者采访时说过的一句话。不少读者可能会问：民主是个好东西，这还有什么好说吗？是的，这有很多话可以说，而且应当好好说一说。

　　民主是个好东西，不是对个别的人而言的，也不是对一些官员而言的；它是对整个国家和民族而言的，是对广大人民群众而言的。坦率地说，对于那些以自我利益为重的官员而言，民主不但不是一个好东西，还是一个麻烦东西，甚至是一个坏东西。试想，在民主政治条件下，官员们要通过公民的选举产生，要得到多数人的拥护与支持；他们的权力要受到公民的制约，他们不能为所欲为，还要与老百姓平起平坐、讨价还价。单这两点，很多人就不会喜欢。当然，他们不喜欢也不会明说，而会说，民主怎么不符合国情民情，民主的条件怎么不成熟，公民的素质怎么不行；或者说，民主的毛病是如何如何的多，民主会带来多少多少的危害，等等。因此，民主政治不会自发运转，它需要人民自己和代表人民利益的政府官员去推动和实践。

民主是个好东西，不是说民主什么都好。民主绝不是十全十美的，它有许多内在的不足。民主确实会使公民走上街头，举行集会，从而可能引发政局的不稳定；民主重视政治的过程和程序，它使一些在非民主条件下很简单的事务变得相对复杂和烦琐，从而增大政治和行政的成本；民主往往需要反反复复的协商和讨论，常常会使一些本来应当及时做出的决定，变得悬而未决，从而降低行政效率；民主还会使一些夸夸其谈的政治骗子有可乘之机，成为其蒙蔽人民的工具，如此等等。但是，在人类迄今发明和推行的所有政治制度中，民主是弊端最少的一种。也就是说，相对而言，民主是人类迄今最好的政治制度。或者如一位著名政治家讲的那样，民主是一种比较不坏的政治制度。

民主是个好东西，不是说民主可以为所欲为，能解决一切问题。民主是一种保障主权在民的政治制度，它只是人类众多制度中的一种，主要规范人们的政治生活，而不能取代其他制度去规范人类的全部生活。民主有其内在的局限性，不是万灵药，不能包医百病，不可能解决人类的所有问题，甚至常常连起码的衣食住行问题都无法解决。但民主保证人们的基本人权，给人们提供平等的机会，它本身就是人类的基本价值。民主不仅是解决人们生计的手段，更是人类发展的目标；不仅是实现其他目标的工具，更契合人类自身固有的本性。即使有最好的衣食住行，如果没有民主的权利，人类的人格就是不完整的。

　　民主是个好东西，不是说民主就没有痛苦的代价。民主可能破坏法制，导致社会政治秩序的一时失控，在一定的时期内甚至会阻碍社会经济的增长；民主也可能破坏国家的和平，造成国内的政治分裂；民主的程序也可能把少数专制独裁者送上政治舞台。所有这些，都已经在人类的现实生活中出现过，并且还可能不断再现。因此，有时民主的代价太高，甚至难以承受。然而，从根本上说，这不是民主本身的过错，而是政治家或政客的过错。一些政治家不了解民主政治的客观规律，不顾社会历史条件，超越社会历史发展阶段，不切实际地推行民主，结果只会适得其反。一些政客则把民主当作其夺取权力的工具，以"民主"的名义，哗众取宠，欺骗人民。在他们那里，民主是名，独裁是实；民主是幌子，权力是实质。

　　民主是个好东西，不是说民主是无条件的。实现民主需要具备相应的经济、文化和政治条件，不顾条件而推行民主，会给国家和人民带来灾难性的结果。政治民主是历史潮流，不断走向民主是世界各国的必然趋势。但是，推行民主的时机和速度，选择民主的方式和制度，则是有条件的。一种理想的民主政治，不仅与社会的经济制度和经济发展水平、地缘政治、国际环境相关，而且与国家的政治文化传统、政治人物和国民的素质、公民的生活习惯等密切相关。如何以最小的政治和社会代价，取得最大的民主效益，需要政治家和民众的智慧。从这个意义上说，民主政治也是一种政治艺术。推进民主政治，需要精心的制度设计和高超的政治技巧。

民主是个好东西，不是说民主就可以强制人民做什么。民主最实质性的意义，就是人民的统治，人民的选择。尽管民主是个好东西，但任何人和任何政治组织，都无权以民主的化身自居，在民主的名义下去强迫人民做什么和不做什么。民主需要启蒙，需要法治，需要权威，也需要暴力来维护正常的秩序。但是，推行民主的基本手段不应当是国家的强制，而应当是人民的同意。民主既然是人民的统治，就应当尊重人民自己的自愿选择。从国内政治层面说，如果政府主要用强制的手段，让人民接受不是他们自己选择的制度，那就是国内的政治专制，是国内的暴政；如果一个国家主要用强制的手段，让其他国家的人民也接受自己的所谓民主制度，那就是国际的政治专制，是国际的暴政。无论是国内专制还是国际专制，都与民主的本质背道而驰。

我们正在建设中国特色社会主义现代化强国。对于我们来说，民主更是一个好东西，也更加必不可少。马克思主义经典作家说过，没有民主，就没有社会主义。最近胡锦涛主席又进而指出，没有民主，就没有现代化。也就是说，没有民主，就既没有社会主义，也没有现代化，更没有社会主义的现代化。当然，我们正在建设的，是中国特色社会主义民主政治。一方面，我们要充分吸取人类政治文明的一切优秀成果，包括民主政治方面的优秀成果；但另一方面，我们不照搬国外的政治模式。我们的民主政治建设，也必须密切结合我国的历史文化传统和社会现实条件。只有这样，中国人民才能真正享受民主政治的甜蜜果实。

上面说了这么多，都是对书名的解释。最后，我还得就本书的内容说几句。本书收录的访谈，大体上包括了我的主要研究领域，例如，马克思主义理论、当代中国政治、比较政治、治理与善治、政府创新、全球化、公民社会、传统文化与现代化、当代西方政治理论等；也反映了我在一些重要问题上的代表性理论，如增量民主、动态稳定、民主治理、多元社会、政府创新、公民社会和全球化等。由于是访谈文章，主要对象不是专业学者，而是普通读者，所以不太注意学术规范，而重在深入浅出和明白易懂，对一些问题也多是点到为止，不能做充分论证。十分感谢采访过我的编辑记者和发表这些访谈的报纸杂志，许多媒体朋友不但有强烈的社会责任感，而且富有见地，事实上我与他们分享着本书中的许多思想和观点。也要再一次感谢社会科学文献出版社和本书的编者闫健同志，不是他们的催促和帮助，就没有本书的出版。

俞可平

于京郊方圆阁

2006 年 5 月 20 日

第一部分

马克思主义与政治学

"人的自由而全面的发展"是
马克思主义的最高命题

阅读背景

近几年来，党中央一直强调要与时俱进，破除对马克思主义的教条式理解，澄清附加在马克思主义名下的各种错误观点。2004年初，中共中央《关于进一步繁荣发展哲学社会科学的意见》强调指出，要全面实施马克思主义理论研究和建设工程，要立足新的实践，加强马克思主义经典著作的编译和研究工作，准确阐述经典著作中的基本观点。为此，《理论动态》记者殷真、刘荣荣采访了中共中央编译局俞可平教授。

记者：近几年来党中央一直强调马克思主义要与时俱进，要加强马克思主义在意识形态中的指导地位，要破除对马克思主义教条式理解，澄清附加在马克思主义名义下的各种错误观点。最近中共中央颁发的《关于进一步繁荣发展哲学社会科学的意见》又强调指出，繁荣发展哲学社会科学必须坚持马克思主义的指导地位，要全面实施马克思主义理论研究和建设工程。《意见》还强调指出，要立足新的实践，加强马克思主义经典著作的编译和研究工作，准确阐述经典著作中的基本观点。在您看来，党中央为什么要反复强调这一问题？

俞：主要原因无非是想强调说明以下三层意思：第一，马克思主义依然是指导我党建设中国特色社会主义事业的理论基础，马克思主义仍然是中国哲学社会科学的指导性意识形态；第二，马克思主义必须与中国改革开放的新实践和当今世界发展变化的新形势相结合，随着时代的变化而不断创新；第三，在思想理论界确实存在着对马克思主义的错误的和教条式的理解，进一步解放思想仍然是全党的重要任务。简单地说，就是要在改革开放和全球化的新条件下，进一步坚持和发展马克思主义。

记者：说到坚持和发展马克思主义，我们一直说，对马克思主义一要坚持，二要发展。在谈到坚持马克思主义时，又总是说，我们要坚持的不是马克思主义创始人的个别结论，而是马克思主义的基本原理。那么，在您看来，马克思主义中永恒不变的、我们必须永远坚持的究竟是什么？您能否用最简要的话来谈谈这个问题？

俞：这是一个看似十分简单，但实际上却极难回答的问题。我们总是说，马克思主义经典作家的个别观点和个别言论可能随着现实的变化而不再适用，但其基本原理则放之四海而皆准。然后，我们常常开列出马克思主义的基本原理"一二三"。其实，仔细地研究和比较后就会发现，我们开列的马克思主义基本原理在不同时期和不同的条件下，也不是完全相同的。这说明，对马克思主义的基本原理我们仍然需要做进一步的深入研究。在这里，我想换一种角度来谈这一问题。我想说的是，如果要用最简单的一句话来概括马克思主义永恒的东西，这就是马克思主义的最高命题。

记者：这倒确实是一个比较新颖的视角。那么，什么是您所说的"马克思主义的最高命题"？

俞：在我看来，马克思主义的最高命题或根本命题，就是"一切人自由而全面的发展"。我们常常说，马克思主义的理想是推翻一切剥削人和压迫人的社会制度，消灭阶级，最终实现共产主义社会。这当然是对的。但是，消灭剥削制度，实现共产主义，本身又是为了什么呢？就是为了实现"一切人自由的、全面的发展"。所以马克思主义的最高命题，实际上就是"人的自由而全面的发展"。

最早做出类似概括的是恩格斯。他晚年有记者问他，你认为马克思主义最基本的信条是什么？恩格斯回答说，是《共产党宣言》中的这句话："每个人的自由发展是一切人自由发展的条件。"马克思早在《1844年经济学哲学手稿》中就提出，共产主义是使人以一种全面的方式、作为一个完整的人占有自己的全面的本质。在《资本论》中马克思再次强调，每个人自由而全面的发展是共产主义的基本原则。

一　怎样重读马克思主义的最高命题

记者：您能否更详细地谈谈马克思主义的这一最高命题？

俞：我认为可以从两个方面来认识马克思主义这一根本命题对我们的意义。

第一个方面，从这一命题本身的意义来看，应包含三层意思。其一，马克思主义所追求的是"全人类的解放"，是"每一个人的发展"。马克思说："要不是每一个人都得到解放，社会本身也不能得到解放。"所以，它不允许存在一种以牺牲多数人的利益而保障少数人特权的社会制度，它所期望建立的社会主义新社会是一种维护最大多数人利益的制度。其二，马克思主义所追求的是人的"自由发展"，存在于社会现实中的活生生的个人是发展的主体。这种"自由发展"要求人的个性、人格、创造性和独立性最大限度地"不受阻碍地发展"。其三，马克思主义所追求的是人的"全面发展"，既是人的个性、能力和知识的协调发展，也是人的自然素质、社会素质和精神素质的共同提高，同时还是人的政治权利、经济权利和其他社会权利的充分实现。

第二个方面，从这一命题的社会政治意义来看，我们完全可以说，共产党人的所作所为，归根结底就是为"人的自由而全面的发展"提供政治、经济和文化的保障，就是最大限度地有利于"人的自由而全面的发展"。因此，坚持马克思主义，首先应当坚持马克思主义的这一根本价值和最高命题。衡量一种理论和实践是否是马克思主义的，必须看这种理论和实践是否符合马克思主义的这一根本价值和最高命题。

记者：马克思主义是一个博大精深的思想体系，您所概括的上述马克思主义根本命题与马克思主义的基本理论和方法又是一种什么样的关系呢？

俞：马克思主义的这一根本命题，决定了马克思主义所追求的崇高目标，就是实现人的自由而全面发展的共产主义社会。为了实现解放全人类的崇高目标，马克思主义发展起了一套分析和认识世界的完整理论和科学方法，也就是我们熟悉的唯物史观和唯物辩证法。贯穿于马克思主义理论体系背后的，是这样一种科学精神：对任何重大问题的认识和分析，必须实事求是，从实际出发，辩证地、历史地加以看待，而不是墨守成规，拘泥于教条和书本。

这一崇高目标，决定了马克思主义具有宽广的胸怀：真正的马克思主义者和共产党人，除了最广大人民群众的利益之外，没有自己的特殊利益；共产党人的根本宗旨，就是全心全意为人民服务。马克思主义的宽广胸怀还体现在对待人类文明成果的态度上。它善于吸取人类社会创造的一切先进文明成果，包括人类社会先进的物质文明、政治文明和精神文明成果。它本身就是在吸取人类优秀文明成果的基础上发展起来的，是人类优秀文明的结晶。

二 马克思主义的最高命题与马克思主义的
立场、观点、方法有什么关系

记者：当前，马克思主义在西方发达国家也依然有很大影响，马克思本人还被英国广播电台（BBC）的听众评为"千年最伟大的思想家"。这种情况与上述马克思主义的根本命题有什么样的关系？

俞：马克思主义的生命力之所以经久不衰，之所以成为人类进步的行动指南和思想源泉，根本原因在于它致力于实现"人的自由而全面的发展"。作为全世界劳动人民改造世界的行动指南，马克思主义诞生后，给世界带来了翻天覆地的变化，成为人类进步的巨大动力。马克思主义对人类历史的影响，决不仅限于直接导致了社会主义国家的产生和发展；不管人们是否愿意承认，事实上它对资本主义国家中劳动人民生活状况的改善也有着不可估量的影响。马克思的故乡德国特里尔市的一份关于该城的简介上有这样一段话：特里尔人有两件事特别引以为豪。一是，特里尔曾经在很长时期内是罗马帝国的重要都城，并因此被誉为"欧洲历史的博物馆"；另一件事是，特里尔出了一个名叫马克思的伟人，他在特里尔长大后走出特里尔去改造世界，整个世界确实也因他而发生了巨大的改变。

记者：马克思主义的最高命题与我们通常提及的马克思主

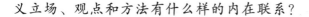

义立场、观点和方法有什么样的内在联系？

俞：我们通常讲要坚持马克思主义的立场、观点和方法，一般地说，这当然是对的。但问题是，我们所要坚持的是马克思主义的哪些立场、观点和方法呢？我以为，马克思主义的根本立场，就是为最广大的人民大众争取自由、民主、平等、尊严和福利，就是解放全人类，就是最终实现人的自由而全面发展的共产主义社会。讲马克思主义的立场，首先就要讲马克思主义的这个立场；坚持马克思主义，首先就必须坚持实现人的"自由而全面的发展"这一根本价值。

三 科学发展观与马克思主义的 最高命题有内在联系吗

记者：十六大以后，党中央特别强调"以人为本"，最近又提出了"科学发展观"。您觉得党中央的这些重大举措与马克思主义的根本价值是一种什么样的关系？

俞："以人为本"，就是充分尊重人的个性、尊严和权利，将人民的利益放在最优先的位置，促进人的全面发展。这一原则是马克思主义关于"人的自由而全面的发展"的题中之义。"以人为本"与"人的自由而全面的发展"是同一命题的不同表述，其实质是完全一致的。人的全面发展，必然要求人、自然、社会之间的内在和谐，要求人类社会在政治、经济和文化方面协调发展。可见，科学的发展观，也是"人的自由而全面的发展"这一马克思主义最高命题的逻辑要求。

在强调人的价值、权利和意义这一点上，马克思主义与历史上的人道主义、人本主义，既有共同之处，也有根本的区别。马克思主义充分吸取了历史上人道主义的一切合理因素，它本身就是一种彻底的和充分发展的人道主义。它与历史上其他人道主义的实质区别在于，马克思主义不是抽象地谈论人的价值、个性和尊严，它力图通过活生生的实践去最大限度地争取和维护广大人民群众的权益，通过创造相应的社会经济和政治制度真正去实现"人的自由而全面的发展"。

20 多年来，我们在政治、经济和社会的各个领域进行了前所未有的改革和开放，开创了一条具有中国特色的社会主义现代化道路，极大地增进了广大人民群众的政治和经济利益。经过 20 多年波澜壮阔的改革实践和创新探索，中国的经济发展水平大大提高，综合国力得到了极大增强，人民生活获得了巨大改善，一个富强、民主、文明、和平的中国正在迅速崛起。所有这一切，都为人的全面发展奠定了最现实的基础，因而是从根本上坚持和发扬了马克思主义关于"人的解放"和"人的自由而全面发展"的根本价值。

原载《理论动态》2004 年 5 月 10 日

记者　段　真　刘荣荣

马克思主义对当代西方社会科学的巨大影响

记者：俞教授，最近您主编了一套《全球化论丛》，在学术界产生了较大的反响。我注意到其中有一本书叫《全球化时代的"马克思主义"》。您在该书的"编者说明"中表达了这样一个意思，即马克思主义即使在当代西方发达国家也是最有影响的学术思潮之一。恕我孤陋寡闻，此前我一直以为马克思主义的影响主要限于像中国这样的社会主义国家。所以，我想请您谈谈马克思主义在当代西方社会科学中的影响。

俞：许多人都以为马克思主义的影响主要限于共产党执政的社会主义国家。其实，这完全是一个误解。马克思主义自从产生之后便对全人类的历史进程发生了重大的影响。这种影响不仅表现在共产党执政的社会主义国家，也表现在非共产党执政的资本主义国家；不仅表现在经济文化落后的发展中国家，也表现在经济文化先进的发达国家。在当代西方发达国家的社会科学中，马克思主义始终是最有影响的思潮之一。

记者：何以见得？您能否说得具体一点。

俞：在 1999 年 5 月，我们邀请美国耶鲁大学社会学系主任、国际著名学者戴维·阿普特教授来我们研究所做了一次学术演讲，题目是"左派还留下什么？"阿普特教授是研究社会发展理论的权威学者，他在演讲中反复强调：马克思主义关于生产力决定社会发展的观点至今仍然具有强大的生命力，是迄今为止解释力最强的社会发展理论之一。特别令人感兴趣的是，有听众问道："美国大学生知不知道马克思主义的奠基著作《共产党宣言》?"阿普特教授回答说："当然知道，而且《共产党宣言》还是所有人文社会科学专业大学生的必读书目之一。"

记者：以前我也听说过《共产党宣言》是西方国家社会科学方面最畅销的著作之一，看来传闻不谬。那么，您觉得马克思主义对西方社会科学的影响主要体现在哪些方面？

俞：我认为马克思主义对当代西方社会科学的影响主要体现在以下三个方面：一是促成了新的学术流派的诞生；二是开拓了新的社会科学分支学科；三是造就了一批声誉卓著的国际著名学者。

先来说说第一方面的影响。20 世纪 70 年代以来，西方发达国家的社会科学盛行过许多思潮，其中影响最大的有三种，即新自由主义、新保守主义和新马克思主义。所谓新马克思主义，就是西方学者试图按照他们所理解的马克思主义理论对当

代发达资本主义国家现实作出新的理论解释。新马克思主义是
在经典马克思主义的直接影响下产生的，是经典马克思主义在
当代发达资本主义国家的变种。它最集中地反映了马克思主义
对当代西方社会科学理论所产生的巨大影响。这种影响几乎体
现在人文社会科学的各个主要领域，如新马克思主义经济学、
新马克思主义政治学、新马克思主义社会学等等。

其次，第二次世界大战后，西方社会科学出现了许多新兴
的分支学科，其中有一些分支学科与马克思主义直接相关。例
如，新政治经济学和政治社会学是两门极为重要并深有影响的
新兴学科，它们的产生与马克思主义就有着深刻的渊源。以政
治社会学为例，一般认为它有两大理论来源，其一是马克思的
理论，其二是韦伯的理论。其中主要是马克思的理论，马克思
被称为"政治社会学之父"。美国著名的政治社会学家安·奥
勒姆曾这样说："马克思可以说是政治社会学之父，正如奥古
斯特·孔德可以称为社会学之父一样。毫无疑问，由于种种原
因，马克思轻视了这个题目，但是，显而易见，马克思创立了
许多比任何热衷于政治研究的社会学家——活着的和死去
的——都更富有挑战性和更富有成果的思想。"[1]

再看另一个方面。第二次世界大战后的西方社会科学中有
一个令人深思的现象，这就是，不少在西方世界，甚至在世界
范围内影响卓著的社会科学家都与马克思主义有着千丝万缕的
关系，其中有一些直接就被冠以"马克思主义者"的称号。

---

[1] 〔美〕安·奥勒姆：《政治社会学导论》，杭州，浙江人民出版社，1989，
第 14 页。

在已经谢世的人们中间，美国社会批判理论的先锋马尔库塞、法国的存在主义大师萨特和意大利的欧洲共产主义的思想领袖葛兰西，都曾经是西方世界最有影响的学者和知识分子，而他们都被认为是"西方马克思主义者"。在活着的学者中间，法国的解构主义大师德里达、法国杰出的社会学家布迪厄、德国"最有影响的思想家"哈贝马斯、英国首相布莱尔的"精神导师"吉登斯和美国后现代主义代表人物詹姆逊等，都是现今公认的在国际上最有影响的著名学者，分别在各自的领域中执掌着社会科学的牛耳，而他们对马克思的思想在相当程度上持肯定的态度，其中有一些则被认为是西方的"马克思主义者"。

记者：听了您的这些介绍后，我们无法怀疑马克思主义对当代西方社会科学的巨大影响。不过，我还有一个问题，西方学者自己是否认识到了马克思主义对当代社会科学的这种深刻影响？或者说，他们承认这种影响的存在吗？

俞：可以坦率地说，我的上述见解其实就是从西方学者那里来的。西方国家许多比较公正和严肃的学者对马克思及其学说的赞赏超出我们的想像。关于马克思主义对西方社会科学的影响，我还是引用西方学者自己的话来加以说明比较好。美国著名政治学家戴维·伊斯顿在为其《政治生活的系统分析》一书的中译本所写的序言中指出，西方社会科学先后经受了马克思主义的三次冲击，因而深深地打上了马克思主义的烙印。"第一次冲击自然是马克思在世期间，第二次冲击则是在30年代大萧条期间，那时，马克思主义理论深深渗入了社会科学各学科之中。今天，在其第三次冲击的过程中，马克思主义，尤其是尼·普兰扎斯的著作中所阐述的结构主义的马克思主义，对于当前社会科学的方向和某些理论已产生了重大影响。"①

记者：俞教授，我想请教的最后一个问题是，在您看来究竟是什么原因使得马克思主义对当代西方社会科学产生了如此深刻的影响？

俞：我想不外乎三个原因。一是马克思主义的方法论，如辩证法、唯物史观、阶级分析等本身对自然界和社会的发展具有极强的解释力，至今仍有着很强的生命力。二是马克思主义的价值观，即消灭剥削和压迫，充分发展人的个性，解放全人类，最终实现"自由人的联合体"，仍然是许多进步的和正直的学者所憧憬的理想。三是西方马克思主义学者不是死抠书本，而是站在时代和学术的前沿，对新出现的现实问题及时作出理论概括。在这一点上我觉得西方马克思主义者有不少东西是值得我们借鉴的。西方马克思主义者的许多观点是我们所不能赞同的，但他们总是将着眼点放在重大的现实问题和学术前沿问题上，这是非常值得称道的。例如，被认为是"当今德国最有影响的思想家"的哈贝马斯，他一生的学术轨迹几乎总是与最前沿的重大理论和实际问题休戚相关。他先后深入研

---

① 〔美〕戴维·伊斯顿：《政治生活的系统分析》，北京，华夏出版社，1989，第4页。

究过合法性问题、交往（沟通）问题、现代性问题、市民社会问题和全球化问题等，并且在这些领域都留下了自己的印记。中国的学者如果要无愧于"马克思主义学者"这个称号，就必须始终站在时代和科学的前沿，用马克思主义的方法论和价值观，而不是用它的个别条条或个别理论，去观察和分析当代世界，特别是当代中国的重大现实问题。

记者：马克思主义学者要始终站在时代和学术的前沿，这个观点非常重要。这是真正的马克思主义者应具备的品格。谢谢你，俞教授。我从您的谈话中获得了很多启发，相信读者也一定会很感兴趣的。

原载《学习时报》1999 年 6 月 28 日

记者 吉 力

当代资本主义的新发展

一　阅读背景

记者：俞教授，自从 20 世纪 80 年代末苏联、东欧国家社会主义政权纷纷瓦解之后，西方有些人，特别是有些学者，据此宣告，社会主义经过七八十年的发展之后，已经死亡，资本主义已取得最终胜利。对于此论，您有何评说？

俞：近代以后直到现在，资本主义和社会主义一直是人类最基本的两种社会制度，就其存在的时间和影响所及的范围而言，资本主义甚于社会主义。所以，人类的近现代史在相当程度上就是资本主义和社会主义的发展史。20 世纪 80 年代末 90 年代初，随着苏联、东欧国家社会主义政权纷纷垮台，世界范围的共产主义运动处于低潮，社会主义的历史发展进程遭受极大的挫折。一些学者据此宣告，社会主义已经死亡，资本主义取得了最终胜利。连著名的美国激进经济学家和历史学家罗伯特·海尔布隆纳也在影响广泛的《纽约客》上宣称："资本主义与社会主义两种体制的竞争，在其正式开始后不到 75 年时间内已经结束，资本主义获得了最终胜利。"右翼学者、兰德公司的主要成员弗朗西斯·福山干脆把资本主义看成为人类历史发展的"终极状态"，把社会主义低潮等同于资本主义的最终胜利。这显然是一种政治偏见。然而，必须承认的是，资本主义确实进入到了一个新的发展时期。

记者：确实，应该正视这个历史性的变化。但是，讲资本主义发展进入到一个新时期到底意味着什么？也就是说，资本主义发展进入新时期之后，它到底有了哪些新变化？

俞：我们可以从两个基本方面来观察当代资本主义的新变化：一是从横向看，资本主义体系内部的差异性正在日益增大；二是从纵向看，资本主义正在出现许多引人注目的新特征。戴维·柯茨在专门研究资本主义不同模式的著作中，根据新制度学派的观点，把资本主义分为以下三种模式。

（1）市场导向资本主义。这种类型的资本主义，其积累的决策权，主要在公司，它们可以自由地追求短期利润目标，通过金融市场获得资本。在这种资本主义体制下，劳动者只能享有有限的法定权益。人们对社会政治和道德的总体认识，就是个人主义和自由主义。

（2）政府导向资本主义。在这种类型的资本主义社会中，尽管积累的决策仍然依靠私人公司，但是决策最终是否被采纳，还需要同公共机构进行磋商之后才能决定，并且政府部门和银行在决策过程中起着间接的影响。这种模式对劳资关系留有余地。这种资本主义的主流文化，属于保守主义和国家主义。

（3）谈判或协商资本主义。在这种模式中，国家对资本积累的直接干预可能较小，但政治体制严格地确立了一整套劳工权利和福利措施。这种模式的主流文化是社会民主或基督教民主。

此外，一些学者甚至认为，不同模式的资本主义之间差异之大，使得资本主义开始"超越资本主义"，资本主义开始"反对资本主义"。法兰西学院院士、著名经济学家米歇尔·阿尔贝尔认为撇开资本主义国家之间种种具体差异不论，从基本的社会体制方面看，资本主义至少就存在着两种明显不同的模式：英美模式和德日模式。

二　变化了的资本主义

记者：既然当代资本主义存在着多种模式，其间的差异又很大，那么，当代资本主义是否还有共同的本质特征？对此，我们应如何认识？

俞：这个问题问得好。人们喜欢用当时影响最大的事件、制度、进程、工具、技术、主题等来概括和表征人类所处的时代及其社会制度，如石器时代、网络时代、垄断资本主义、斯大林式社会主义等等。这种形象生动的分类往往能够凸显出最深刻的时代变革和最主要的制度特征。这里，我们不妨也借用西方学者的一些比喻和其他表述，来简要说明当代资本主义的新变化，以表明它们的特征。

首先，当代资本主义是全球化时代的资本主义。资本主义的生产方式已经在全球范围内获得了最大限度的扩展，自由市场经济已经超越西方的界限而成为世界性的普遍制度。一个全球性的资本主义金融市场、生产市场、产品市场和劳动力市场已经形成，资本主义的生产、交换和流通的全球网络已经产生。全球化的实质，就是资本主义生产方式和自由市场经济的全球化。

其次，当代资本主义是信息时代的资本主义。以微电子、计算机、通讯、电视、广播、光电、纳米、生物和网络技术为标志的信息技术革命，已经对当代资本主义的经济生活、政治生活、文化生活和全部社会生活产生了深刻的影响，一种新的人类生存方式——数字化生存正在出现。当代资本主义已经信息化、网络化、数字化，以信息技术为基础的新经济已经成为资本主义经济的支柱。因此，当代资本主义已经变成一种数字资本主义或信息资本主义。

第三，当代资本主义已经进入风险时代。资本主义的危机依然存在，但是，随着全球资本市场和金融市场的形成，随着社会生活的高度信息化，这种危机具备了新的表现形式。当代资本主义的风险，首先表现为以金融风险和市场风险为主要表征的经济风险，但同时也表现为以合法性危机和民主危机为表征的政治风险，以及表现为艾滋病蔓延、自然资源短缺和生态环境恶化为表征的自然风险。据此，当代西方左翼学者断言，当代资本主义已经成为一种赌场资本主义。赌场资本主义主要是对当代资本主义经济的一种比喻，它形容当代资本主义具有高度的投机性和风险性。

第四，当代资本主义已经进入新帝国主义时代。西方发达国家操纵着经济全球化的进程，控制着重要的国际组织，力图建立并维持不公正的国际政治经济秩序，推行新干预主义，借此剥削广大的发展中国家。经济全球化进程并没有缩小穷国和富国的差距，反而增大了国际范围内的两极分化。当今西方列强对外扩张的主要手段已经从军事转向经济和文化的侵略及渗透。生活方式和民族文化的"美国化"不仅对落后的发展中国家是种威胁，即使对美国的西方盟国来说也是一种威胁。因此，不少西方左翼学者指出，当代资本主义是一种新帝国主义。

第五，资本主义的整个政治上层建筑已经发生重大变化，出现了所谓的"后现代政治"。跨国公司、民间组织和网络组织在社会政治生活中的作用前所未有地增加，国家主权和政府权力受到极大地削弱；政治国家与公民社会的关系正在发生微妙的变化，后者的作用变得日益重要。政治过程的重心正在从传统的"善政"走向"善治"；公民参与的重点正在从原来的政治参与转向社会参与；国家治理与全球治理的联系正在日益紧密。"少一点统治，多一些治理"，不仅是西方主流学者的声音，也成了西方左翼人士的口号。

第六，资本主义的意识形态正在经历重大的变化，当今西方出现了一种所谓的"文化唯物主义"（Cultural Materialism）。意识形态并没有"终结"，它在当代资本主义社会中的作用仍然极其重要，甚至比以前更加重要。但它日益以文化的外衣和形式出现，文化在社会生活的许多领域中似乎起着决定性的作用，经济唯物主义似乎正在"蜕变"为文化唯物主义。此外，意识形态的分化和整合趋势也日益明显。强调市场经济和公民社会的新自由主义与新多元主义，已经成为西方发达资本主义国家的主导性政治意识形态，而其他各种各样的极右和极"左"意识形态的影响，却并没有明显减弱的迹象，一些极右思潮（如新法西斯主义）的影响反而在不断增大。所以，西方左翼学者在提出"文化唯物主义"分析的同时，也提倡"多元文化主义"（Multiculturalism）或"文化多元主义"（Cultural Pluralism）。

我认为，以上六个方面的概括，可以作为对当代资本主义本质的一个认识。

三 帝国主义的"变种"

记者：在您刚才评介中，讲到由于资本主义具有极度的对外扩张性，当代资本主义已经进入新帝国主义时代。您能否对"新帝国主义"这个概念作些解说？

俞：可以。帝国主义的形式和内容在当代都发生了许多变化。在一些学者的眼中，全球化已经成为这种新帝国主义的代名词，"全球化就是帝国主义的最新变种"，发达资本主义国家正在利用全球化对广大发展中国家进行新的剥削和压迫。在新帝国主义时代，宗主国与附庸国的形式发生了新的变化。它们不再是传统的一个或多个附庸国依附于一个宗主国的关系，而是中心与外围的关系。从文化的角度看，西方左翼学者认为，在新帝国主义时代，西方发达资本主义国家，不仅拥有了世界性的政治和经济霸权，而且已经拥有了世界性的文化霸权。全球化，实质上就是"第三世界的美国化"。

记者： 据我了解，当前西方有一部受人关注的社科著作。这部书甚至被一些人称为"新马克思主义宣言"（或称"新共产党宣言"）。就这部论著，请您给我们做个简单介绍。

俞： 确有此事。2001 年，两名美国左翼学者迈克尔·哈特（Michael Hardt）和安东尼奥·内格里（Antonio Negri）联合发表了一部论述当代资本主义条件下国家关系的专著《帝国》（*Empire*），对左翼学术界流行的各种帝国主义和新帝国主义理论提出了挑战。该书出版后，引起了极大的反响，被一些人称作是一部新世纪的"新马克思主义宣言"（或称"新共产党宣言"）。作者认为，资本主义生产和交换的全球化意味着经济关系已经更加独立于政治控制，因此，民族国家的政治主权已经衰落。超越国家领土而囊括全世界的"帝国"已经开始出现。这个帝国的主要特征，是"它的无边界、它的统治没有任何界限"，"其效力遍及整个文明世界"。这个新的帝国并没有领土的中心，没有传统帝国主义意义上的宗主国和附庸国。美国虽然在这个帝国中占据着特权的地位，但美国以及任何其他民族国家都不可能再形成一个帝国主义的中心。"帝国主义已经终结。任何国家都不可能再像现代欧洲国家曾经经历过的那样，成为世界的领袖。"由于民族国家的主权概念是所有帝国主义理论的基石，所以，哈特和内格里声称，他们所说的"帝国"，完全不同于别人所说的"帝国主义"，但作者的观点也遭到了许多西方学者的激烈批评。

记者：对于当代资本主义社会发生的许多重大的变化，我们应当如何正确看待？

俞：我认为，当代资本主义发生的许多重大变化，其中不少适应了社会发展的需要，有一些变化甚至导致了社会主义因素的产生。因此，应当说，资本主义在一定时期内仍将具有强大的生命力，它绝不可能在短期内灭亡。但是，资本主义的基本制度和实质并未改变，资本主义内在的弊端和危机并没有因这些新变革而从根本上消除，特别是贫富两极分化，对穷人与穷国的剥削和压迫及政治的合法性危机，反而在新的时代条件下以新的方式有所加剧。因此，从根本上说，资本主义绝不像一些人所说的那样是人类终极的一种理想制度。

原载《社会科学报》2003 年 6 月 26 日

记者　程炳生

现代政治学的功用

记者：政治学可谓人类最古老的学问之一。距今 2300 多年前，古希腊思想家亚里士多德就写了一部题为《政治学》的著作。

俞：其实，比亚里士多德更早一点的另一位古希腊哲学家柏拉图就系统地研究过"什么是最好的国家政治制度"这个问题，这正是政治学所要研究的问题，他在所著《共和国》（中译本书名《理想国》）一书中对此作了全面的回答。

记者：我记得中国政治学研究恢复是在 1978 年。

俞：对。那一年，邓小平同志提出政治学要尽快恢复。在这之后，政治学得到了比较迅速的发展，一门独立的政治科学逐步建立。

记者：但是，据我所知，就学科建设而言，政治学与这

20 年中的经济、法律等"显学"相比，发展得似乎还不够快。20 年的时间，对一门科学来说时间并不长，可对一门学科的建设来说却不算短，尤其是相对于这 20 年中国政治的发展来说……

俞：其实，可以这样说，不论是相对于近 20 年中国政治的现实发展，还是相对于其他社会科学而言，政治学都显得有些滞后。比如，就学科建设而言，政治学的学科体系不健全，像公共政策研究、选举研究、比较政治制度等重要分支学科尚未发展起来；高质量的学术研究成果太少，存在着大量的空白领域。

再如，我们至今还没有一个由政治行政专家组成的政策咨询和评估系统，一些公民与官员的政治科学知识都较为贫乏……

记者：听说你们进行过一次调查，得出的一些结论似乎正好印证了这个看法。

俞：是的。我记得那次调查的一个问项是请被调查者回答"中华人民共和国"中的"人民共和国"的含义是什么，结果只有 27% 的人作出了正确回答，而这些调查对象又都是受过高等文科教育的。

记者：可是，我们知道，在过去十几年中，各级官员都曾就教于许多经济学者和法律学者，但就教于政治学者的似乎还不多。那么，是不是说政治学所关注的问题与政治家所关注的问题不尽相同，由此导致政治学对现实无所助益呢？

俞：不是这样。如果说经济学主要关注如何以最少成本取得最大利益，其支点是价值的生产，伦理学主要关注的是利益的分配是否公正，其支点是价值的评估，那么，政治学所关注的则主要是如何分配那些业已由经济活动生产出来的利益，其支点是价值的分配。这种区分不一定十分准确，但它确实道出了一个基本事实，即政治事关利益的分配，对社会价值在不同的个人和不同的群体中的配置起着关键作用。因此，政治学的重要性似乎不需要政治学者再作蛇足之释。

记者：这个说明好像有点抽象。

俞：再具体点说，政治学所关注的问题是"政府和公民应当做什么，不应当做什么"，其中的重点在于"政府应当做什么，不应当做什么"。

记者：这和我们日常所关心的问题有什么联系呢？

俞：把这些问题具体化，就体现为我们日常所关心的问题。例如，政治学关注的三大基本问题，其实也就是政治发展的三大根本目标：效率、和平和民主。这里所谓的"效率"不是生产效率，而是行政效率，它涉及到政府机构的设置和政府职能的界定；"和平"包括国际和平和国内和平，国内和平就是我们通常所说的社会政治稳定；"民主"则是指保证主权在民的一系列平等、自由和公正的政治制度。可以这样说，现在人们所关心的所有政治问题几乎都是从这三大问题中派生出来的。

记者：这样看来，政治学是十分重要。但是，当下的市场化经济改革，对经济学家而言可谓生逢其时，此时，政治学家何以自处，政治学据何发展？

俞：市场化的经济改革，对政治学家而言也并非生不逢时。现代意义上的政治学其实正是市场经济的产物。市场经济在确立"经济"制度的同时，也生产出新的政治文化和政治价值，比如更加强烈的权利意识、自主意识、平等意识……这些与市场经济相伴随的政治价值既需要新的政治机制来实现和保证，也需要新的政治理论来说明和总结。这样，我们可以说，政治学当下的主要作用就是探索并帮助建立一套政治机制，使与市场经济相应的政治价值、政治制度环境和政治发展目标得以实现。可以说，当前中国出现的许多重大社会问题最终都与政治相关，这正是一种亟需政治科学，同时也推动政治科学发展的现实环境。

记者：我还有一个疑问，在政治学不甚发达的情况下，我们不是也取得了非同寻常的进步吗？

俞：我要说的是，如果我们的领导干部都能有一个比较坚实的政治学基础，并且有建基于其上的成熟的政治思维，那么，你会看到，我们的发展也许会更加平稳、更加迅速、更少羁绊……在机遇面前，我们会把握得更好。

记者：那么，现代政治学理论能帮助我们解决眼前的一些实际政治问题吗？

俞：当然，比如，从政治学的常识来看，类似于"报喜不报忧"、弄虚作假、欺上瞒下等危害决策的顽症，其实是与政治信息传送体制有关的。如果自上而下的决策指令与自下而上的决策效果反馈走同一条沟通渠道，那就必然导致正反馈信息过多，而修正决策的负反馈信息过少。因此，根治顽症的方法就是从体制上解决问题，即决策指令信息与决策效果反馈信息不走同一条通道，必须建立多通道的决策指令和决策效果信息反馈体制。

记者：照您这么说，现代政治学在当代社会似乎是不可或缺的了？

俞：这要看怎么说。如果把政治学说成是政治理论和政治思想，那么，人类自从有了国家、有了政治生活，也就有了相应的政治学。当然，我们现在所谈的政治学是作为近代产物的一门独立科学的政治知识体系，它只有在民主政治的条件下才能产生和发展。道理很简单，政治学要从独特的学术研究角度对现实政治进行评判。此外，政府的政策需要向政治学者进行咨询，政治制度的完善需要专业学者的专门研究和建议，政府的运行需要有政治学者的指导。总之，我们要建设社会主义民主政治，就一定要重视发展政治学。

原载《光明日报》1999 年 1 月 8 日

记者　吴佩纶

不要害怕全球化

——全球化的辩证观

记者： 俞教授，最近一段时间，随着达沃斯世界经济论坛和联合国贸发会议的召开，国内外媒体上关于全球化的讨论似乎更多地关注全球化对人类社会带来的负面影响，许多人甚至对全球化进程提出了质疑。那么，在全球化潮流似乎已经势不可挡的今天，为什么会出现这种"反弹"？

俞： 实际上，自从全球化进程产生以来，人们对它的疑虑甚至恐惧一直是有的。究其原因，首先在于全球化客观上的确是一把"双刃剑"，尤其在目前，它对发展中国家的负面影响更多一些。其次，国外特别是西方的左翼学者对全球化的消极影响渲染得比较厉害。除了谴责世界范围的贫富两极分化之外，他们甚至提出全球化就是资本主义的全球化，它是受帝国主义者、跨国公司操纵的"帝国主义化"，是新殖民主义形式的帝国主义。

记者： 我感觉，西方国家是全球化进程的主导者，也是全球化的主要受益者。他们为什么也在谈论全球化的所谓负面作用呢？

俞：这正是我想强调的问题。在讨论全球化问题的时候，特别要注意一下"错位"问题。西方学者谈论全球化的负面影响，一方面证明全球化这把"双刃剑"，对发达国家也不一定"剑"下留情。另一方面，西方发达国家早已大规模地进入了全球化进程，其全球化程度比发展中国家要高得多，比较而言，全球化对他们可以说是一种"已然"。而我们刚刚处在全球化的门槛上，全球化对我们来说在很大程度上还是一种"未然"。所以，他们虽享受着全球化带来的好处，但对其副作用似乎更有体验。需要指出的是，大谈全球化负面影响的似乎更多的是非主流的西方左翼学者。他们的政治态度、治学方法及逻辑与我们有不少相似之处，易于被我们接受，从而在反对跨国公司和西方列强操纵全球化的霸权行径方面引起我们的极大共鸣。

记者：那么具体就国内来讲，为什么部分人对全球化进程产生疑虑呢？

俞：首先是国内一些人对全球化问题了解得不深入不全面，只看到它对发展中国家的负面影响，一味认为它有利于发达国家。其次，这里还有一个带根本性的问题，即全球化作为世界范围的巨大社会变革，总会带来某种对变革的疑虑、恐惧甚至反对。这可能有两种原因：一是由于对未来没有把握，产

生对变革的盲目恐惧,这是一般的社会反应和心理;二是由于
全球化时代的出现带来的利益转换和调整,部分人(如加入
WTO后垄断性行业或企业利益受到威胁)出于利益原因对全
球化加以抵制。其实,在当今的全球化时代,真正的问题已经
不是你想不想参与其中的问题,而是选择参与时机和参与方式
的问题。对我们来讲,全球化还是一个需要从改革开放的高度
来认识的问题。我们实行开放是为了吸收借鉴国外的先进技
术、管理经验和一切优秀文明成果,所以开放实际上主要是对
发达国家开放。可以说,我们的改革开放就是一个不断参与全
球化的过程。现在,有些人过低地估计了包括中国在内的发展
中国家抗击全球化负面影响的作用和力量。在刚结束的联合国
贸发会议上,发展中国家的声音很强。我们不能忽视这种力量
和声音。

记者:您刚才说,现在已经不是我们想不想参与全球化进
程的时候了。这是不是说全球化已经是客观的、不可逆转的进
程?

俞:是的。实际上,部分人对全球化的疑虑或恐惧本身就
是全球化深入发展的一个独特佐证。早在两年前,江泽民总书
记就曾经指出:"必须全面正确地认识和对待'全球化'的问
题。经济'全球化'是世界经济发展的客观趋势,谁也回避
不了,都得参与进去。"全球化进程之所以不可逆转,是有其
深刻社会经济根源的。正如亚当·斯密曾经说过的,人类经济
交往遵循资源配置的优势互补逻辑,这必然要求打破各个民

族、地区及国家之间的贸易等种种壁垒。这是推动世界走向全球化最根本的内在动力。当前信息等高科技突飞猛进的发展又使这种资源配置获得了空前的成功,高科技成为了推动全球化的最直接动力。人类经济交往的不断增多又逐渐形成了一系列国际社会共同遵守的规则、制度。所以这些变革以及规则、制度本身就反映了人类共同拥有的某种价值,这也是全球化不断深入的重要体现。

记者:既然全球化不可逆转,无法回避,那么作为一个发展中国家或者中国的学者,您认为我们应如何应对全球化的挑战?

俞:首先,不要惧怕全球化时代的到来。其次,要承认全球化带来的弊端,尽早主动地加入到全球化游戏规则的制定中去,最大限度地降低全球化对我们的消极影响,维护自身利益。一开始,全球化带给我们更多的可能是挑战,但从长远看则是机遇。

肩负责任的中国学者们,应该把全球化问题的讨论重点转移到全球化时代对我们的经济、政治、社会生活、行为方式甚至思维方式等的具体影响上,以及我们该拿出什么样的具体对策迎接全球化的挑战。如果我们至今还喋喋不休地争论要不要加入全球化进程,那就未免有些落伍了。

原载《中国改革报》2000 年 3 月 1 日

记者 刘国旺

第二部分

增量改革与中国发展

当代中国问题的探索

作为中国第一批两位政治学博士之一，俞可平教授研究的课题都是重大课题。早在 1994 年，《北京青年报》就以整版的篇幅刊登了他的研究成果《现代化的代价》，在学术界引起强烈反响。

一 "现代化是要付出代价的"

俞可平教授是中国较早指出"现代化的代价"问题的学者。当大多数人为中国走向现代化而欢欣鼓舞之时，俞可平教授开始思考现实中出现的一些问题。他说：

> 现代化是有代价的，有政治的代价、经济的代价，还有文化的代价、生态的代价等，我认为任何国家要走向现代化，必须付出代价，问题是怎样使现代化的代价付出得更小。

在深圳大学幽静的校园里，俞可平教授接受了笔者的采访。隔壁会议室里，"全球化与当代社会主义、资本主义研讨会"正在进行中。作为会议主办单位之一——中共中央编译局当代马克思主义研究所的所长，他是会议主持人。他很自然地将话题从全球化引申到现代化问题。他说：

> 我们不能因为现代化有代价而抵制现代化，每一个国家都应该从其他处于现代化进程之中的国家身上吸取经验和教训。对于现代化进程的代价问题，作为理论研究者，发现了这个问题又不能不说，要提醒决策者注意。因为只有在现代化过程中才能消除现代化的代价。

俞可平教授对文章的社会效果考虑得更多一些，这是与现代很多作者的不同之处。

二　从呼吁市民社会到实证研究

市民社会又称为民间社会，或公民社会。所谓市民社会就是指私人关系的总和，属于非政府非官方的领域，即"非官方的私人利益"，更妥当的提法是"非官方的民间利益"。

俞可平教授在国外讲学时常常接触到市民社会这一名词，这使他反观国内，发现中国的私人生活曾经受到政府干预，将私人生活当成资产阶级的东西，包括穿什么衣服都要干预。改革开放放开了私人生活，随之而来这个问题也提出来了。

中国已经或正在形成市民社会，这已成为事实，比如商会、民间社团、社区组织、农村村民自治组织，这些都属于市民社会，值得研究。

市民社会是俞可平教授正在研究的一个课题，他比较东西方市民社会的不同，对记者说：

中国和西方的市民社会有非常大的区别，最大的区别就是西方的市民社会是自发的，中国的市民社会大多数是政府引导的，它与国家和政府的关系特别密切。

俞可平教授认为，研究市民社会具有现实的意义，特别是对社会主义民主建设具有重大意义。他说：

没有市民社会就没有现代民主，这是马克思的结论。马克思谈到这一点时是针对资本主义社会。我将它引申了一下：没有中国特色的市民社会，就没有社会主义民主。所以，我呼吁：对于市民社会的出现，我们要正确引导，科学管理，研究它，规范它。

为什么说没有中国特色的市民社会就没有中国的民主呢？俞可平教授认为，民主除了实质性的概念——人民当家作主"，还有一个程序性的定义：民主是公民对政府权力的制约机制。"没有制约机制，民主就是空话，毫无意义，"俞可平教授作了一个形象的比喻，"民主就像陀螺，必须转，它才能立住，一旦停下它就倒下了。"由陀螺出发，他提出民主需要程序，没有程序，民主也就倒下了。

如何用民主制约政府的权力？他说：

> 个人的行为是无效的，个人制约没有用，谁来制约才有效呢？市民社会。

对于市民社会，俞可平教授以前是呼吁，现在他已经由呼吁转到实证研究。这已经成了他主持的当代所的一个课题。他说他正在考虑将深圳作为一个市民社会的点来调查和研究。

三　比较政治：主编《世界各国政治体制》

俞可平教授的本行除了政治哲学、当代中国政治外，还有一个重要领域就是比较政治。

近 10 年来，俞可平教授通过访问学者的身份和应邀参加各种学术研讨会的机会，到过 20 多个国家。每到一个国家，他都十分注重学习、研究别国政治体制的成果经验和学术成果，研究的结果是一套大型丛书的选题在他心中酝酿。

这就是《世界各国政治体制》。经过两年的努力，这套由俞可平教授主编的丛书中的 8 本已经由兰州大学出版社出版。丛书的总序由俞可平教授撰写，总序的题目是"政治体制需要研究、比较、学习"。丛书中的一本——《中国政治体制》是俞可平教授撰写的。

谈到这套共有 18 本的丛书的特色，俞可平教授说："最大的特点就是客观介绍，不加评判。"这套丛书介绍的每一个国家都是由研究这一国家政治体制的权威专家撰写的，每一本书都附有该国宪法的最新文本。

原载《深圳特区报》1998 年 5 月 28 日

记者　陈　宏

中国政治改革的走向：
增量民主与善治

记者：我们注意到，您的学术风格是既追踪国际社会科学前沿，又研究中国现实政治问题。您的学术成果大多是关于西方政治学理论的研究，您系统地评析了 20 世纪 90 年代以来国际学术界的政治学前沿理论以及当代西方政治学的基本方法、基本范畴、主要流派和重要人物，探讨了全球化的性质、特点及其对人类政治生活和政治发展的深刻影响，评介了西方学者关于全球化时代的资本主义和社会主义的思想理论，分析了当代中国政治和世界政治。但是，您的学术兴趣和您的学术研究出发点和落脚点主要是转轨中的中国政治，而且您研究当代中国政治变迁的视野和视角以及所采用的方法、概念、范畴和框架引起了越来越多人的关注。所以，我们想就转轨过程中的中国政治走向采访您。首先请您谈谈分析现实政治发展的方法和框架。

俞：分析现实政治应当把传统研究方法与当代西方一切有用的政治分析方法结合起来，建构一种具有中国特色的政治分析框架。这主要包括经济分析、阶级分析、制度分析、文化分析、国家－社会分析、治理－善治分析等。这些分析方法各有特点，对帮助人们全面和深入地认识政治发展的规律有着重要的意义。但这些分析方法也有其自身的局限和不足，需要不断完善，更需要发明新的分析方法，以克服已有分析框架的不足。

记者：您说的治理－善治分析方法及您据此提出的见解令人耳目一新。这种理论是怎样提出来的？

俞：治理和善治理论最初是由西方学者根据西方的社会政治现实提出的。1989 年世界银行在概括当时非洲的情形时，首次使用了"治理危机"一词，此后"治理"便广泛地被用于政治发展研究中，特别是被用来描述后殖民地和发展中国家的政治状况，并且成为世界银行等国际组织借以处理棘手的受援国国内政治合法性、社会秩序和行政效率等问题的理论依据。20 世纪 90 年代以来，在西方学术界，特别是在经济学、政治学和管理学领域，"治理"一词十分流行。随着全球化时代的来临和冷战结束后国际政治经济格局的变化，人类的政治生活正在发生重大的变革，其中最引人注目的变化之一，便是人类政治过程的重心正在从统治（government）走向治理（governance），从善政（good government）走向善治（good governance），从政府的统治走向没有政府的治理（governance without government），从民族国家的政府统治走向全球治理（global governance）。因而，治理、善治和全球治理不仅引起了学者们的关注，也为政治家和政治组织所关注。20世纪90年代勃兴的治理和全球治理的理论与实践，是国际规制有效性的现实要求，是全球公民社会和世界民主潮流的产物。

记者：您认为我们应当怎样看待这种治理和全球治理理论？

俞：关于治理和全球治理的理论还很不成熟，其基本概念还十分模糊，在一些重大问题上还存在着很大的争议，但是，这一理论无论从实践上看还是从理论上看都有其十分积极的意义。从实践上看，全球治理强调国际关系的公平和公正，客观上有利于消解和制约单边主义和霸权主义，有利于在全球化时代确立新的国际政治经济秩序，有利于国际社会共同努力解决越来越具有全球性的经济、政治、生态等问题。从理论上说，它打破了社会科学中长期存在的两分法传统思维方式，即市场与计划、公共部门与私人部门、政治国家与公民社会、民族国家与国际社会，而把有效的管理看作是两者的合作过程；它力图发展起一套管理国内和国际公共事务的新规制和新机制；它强调管理就是合作；它认为政府不是合法权力的惟一源泉，公民社会也同样是合法权力的来源；它把治理看作是当代民主的一种新的现实形式等等。所有这些都是对政治学和国际政治学研究的贡献，具有积极的意义。特别需要指出的是，从治理的主体、规制与机制、跨国性与全球性等方面来看，西方的治理和全球治理理论中存在着一些不容忽视的危险因素，我们必须有清醒的认识。

记者：请您具体谈谈"治理"的含义。

俞：英语中的"治理"一词源于拉丁文和古希腊语，原意是控制、引导和操纵。20世纪90年代以来，詹姆斯·罗西瑙、罗茨、威格里·斯托克等政治学家和政治社会学家，对治理作出了许多新的界定。其中，全球治理委员会的定义具有很大的代表性和权威性。该委员会在《我们的全球之家》的研究报告中指出：治理是各种公共的或私人的个人和机构管理其共同事务的诸多方式的总和。它是使相互冲突的或不同的利益得以调和并且采取联合行动的持续的过程。它既包括有权迫使人们服从的正式制度和规则，也包括各种人们同意或以为符合其利益的非正式的制度安排。它有四个特征：治理不是一整套规则，也不是一种活动，而是一个过程；治理过程的基础不是控制，而是协调；治理既涉及公共部门，或包括私人部门；治理不是一种正式的制度，而是持续的互动。简而言之，我认为，治理一词的基本含义是指官方的或民间的公共管理组织在一个既定的范围内运用公共权威维持秩序，满足公众需要的过程。治理的目的是在各种不同的制度关系中运用权力去引导、控制和规范公民的各种活动，以最大限度地增进公共利益。所以，治理是一种公共管理活动和公共管理过程，它包括必要的公共权威、管理规则、治理机制和治理方式。治理可以弥补国家和市场在调控和协调过程中的某些不足，但治理也不是万能的，它自身也存在着许多局限，它不能代替国家而享有政治强制力，它也不可能代替市场而自发地对大多数资源进行有效的配置。事实上，有效的治理必须建立在国家和市场的基础之上，它是对国家和市场手段的补充。

记者："治理"与"统治"、"善治"与"善政"有区别吗？

俞："治理"与"统治"，从词面上看似乎差别并不大，但其实际含义却有很大的不同。在不少学者眼中，区分治理与统治两个概念甚至是正确理解治理的前提条件。治理作为一种政治管理过程，也像政府统治一样需要权威和权力，最终目的也是为了维持正常的社会秩序，这是两者的共同之处。但治理是一个比统治更宽泛的概念，两者在权力的主体和运行方式、权威的基础和性质、管理过程中权力运行的向度、管理的范围等方面有很大区别。"善政"是"良好的政府"或"良好的统治"。善政的内容，无论在中国还是在外国，在古代还是在现代，都基本类似，一般都包括严明的法度、清廉的官员、很高的行政效率、良好的行政服务等要素。自从有了国家及其政府以后，善政便成为人们所期望的理想政治管理模式，这一点古今中外概莫能外。但是，善政的理想从 20 世纪 90 年代以后在世界各国日益遭到了"善治"的严重挑战。所谓"善治"，就是有效的治理、良好的治理，概括地说，就是使公共利益最大化的社会管理过程。善治的本质特征，就在于它是政府与公民对公共生活的合作管理，是政治国家与市民社会的一种新颖关系，是两者的最佳状态。综合各家在善治问题上的观点，可以发现善治有 10 个基本要素。这就是：合法性，即社会秩序和权威被自觉认可和服从的性质和状态；法治，即法律是公共政治管理的最高准则，在法律面前人人平等；透明性，即政治信息的公开性；责任性，即管理者应当对自己的行为负责；回应，其基本意义是公共管理人员和管理机构必须对公民的要求作出及时的和负责的反应；有效，主要指管理的效率；参与，首先是公民的政治参与，主要是参与社会政治生活，还包括公民对其他社会生活的参与；稳定，即国内的和平、生活的有序、居民的安全、公民的团结、公共政策的连贯等；廉洁，即政府官员奉公守法，清明廉洁，不以权谋私，公职人员不以自己的职权寻租；公正，即不同性别、阶层、种族、文化程度、宗教和政治信仰的公民在政治权利和经济权利上的平等。

记者：用治理和善治的理论框架分析中国政治，应当关注哪些问题？

俞：治理－善治既是现实的政治实践，也是一种反映这种政治现实的宏观理论，同时还是一种分析政治现实的途径。作为一种新的政治分析框架，比起其他的传统政治分析方法来，治理与善治方法具有自己明显的优点。首先，它提供了新的分析视角和范畴；其次，在分析政治发展时，它比其他方法更加全面；再次，它体现了政治发展的方向。用治理和善治方法分析一个地方或一个国家的政治发展，主要关注其治理的环境，如政治环境、法律环境、经济环境、文化和社会心理环境；治理的结构，如政府机构及其在治理中的角色、政党组织及其在治理中的角色、其他政治组织及其在治理中的角色、民间组织及其在治理中的角色、其他治理结构的作用、各种治理机构之间的相互关系等；治理的过程或程序，如决策过程、选举过程、行政过程、监督过程、诉讼过程、参与过程等；治理的方式，如行政命令、政治动员、法律强制、说服教育、政治教育、经济刺激、自治、合作、暴力等；治理的内容；治理者和被治理者；治理的意义，包括影响治理的主要变量、民主治理的动力、对治理的评价、治理与地方民主、治理与经济发展、治理与社会稳定等。

值得注意的是，治理和善治的分析框架不是万能的，不能以它去否定或贬低其他有价值的政治分析理论。在像中国这样的发展中国家中应用这一理论时，我们必须从本国的实际情况出发，切不能机械地照抄照搬。国内学术界对这种理论从总体上说还比较陌生，存在着不少误解和误译，必须避免在一知半解的情况下急于应用。

记者：怎样理解善治与民主的关系？

俞：善治是政府与公民之间的积极而有成效的合作，这种合作成功与否的关键是参与政治管理的权利。公民必须具有足够的政治权利参与选举、决策、管理和监督，才能促使政府并与政府一道共同形成公共权威和公共秩序。显而易见，保证公民享有充分自由和平等的政治权利的现实机制只能是民主政治，这样，善治与民主便有机地结合了起来。善治是民主化进程的当然要求和必然后果，也是当代民主新的实现形式。民主化的基本意义之一，是政治权力日益从政治国家返还公民社会。专制政治在其最佳的状态下可以有善政，但不会有善治。

善治只有在民主政治的条件下才能真正实现，没有民主，善治便不可能存在。

记者：您提出的"增量政治体制改革和增量民主"很新颖，怎样理解？

俞：这有四层基本意义。首先，政治改革和民主建设必须有足够的"存量"，即必须具备充分的经济和政治基础，必须与既定的社会经济体制和经济发展水平相一致，尤其是，必须拥有现实的政治力量而无需完全地重新培植，必须符合现存的政治法律框架。其次，这种改革和民主建设，必须在原有的基础上有新的突破，形成一种新的增长，是对"存量"的增加。这种新的"增量"，不是对"存量"的简单数量增长，而是性质上的突破。它不仅具有法学意义上的合法性，更重要的是具有政治学意义上的合法性，即对于社会进步和公共利益而言具有正当性，并为绝大多数公民所自觉认同。其三，这种改革与民主在过程上是渐进和缓慢的，它是一种突破而非突变。这种渐进改革或渐进民主形成一种"路径依赖"，它不能离开先前的历史轨道，是历史发展的某种延伸。其四，增量民主的实质是在不损害人民群众原有政治利益的前提下最大限度地增加政治利益。换言之，它注重政治改革的稳定、有序和效益。

进而言之，增量民主概念应当包括这样几个要点：强调民主的程序；把公民社会的存在视为民主政治的前提；推崇法治；充分肯定政府在民主建设中的重要作用。据此，治理和善治思想对于中国政治体制改革具有特别重要的意义。建立在这种民主基础上的善治应当是中国政治的主要发展方向。

记者：您的这种主张意味深长，富有启发性，在您看来，在我国实现善治这一理想政治目标的关键环节是什么呢？

俞：我认为，实现善治的关键环节是实现善政。因为在现实的政治发展中，政府仍然是社会前进的火车头，官员依然是人类政治列车的驾驶员，政府对人类实现善治仍然有着决定性的作用。一言以蔽之，善政是通向善治的关键。欲达到善治，首先必须实现善政。中国古已称之的"仁政"、"善政"，大体相当于英语里所说的"good government"（可直译为"良好的政府"或"良好的统治"）。但是，善政的内容并不是固定不变的，在不同的时代和不同的社会政治制度下，善政有着不同的具体内容。在全球化背景下，作为一个社会主义民主共和国的人民政府，善政应当具备以下八个要素：民主、责任、服务、质量、效益、专业、透明和廉洁。进而言之，善政要求我们有一个"民主政府"、"责任政府"、"服务政府"、"优质政府"、"效益政府"、"专业政府"、"透明政府"、"廉洁政府"。关于善政的具体内容，我最近在《文汇报》（2003年1月29日）撰文进行了详细的阐述，在这里就不一一赘述了。

记者：那么，从长远来看，中国善治和民主建设的现实基础是什么？

俞：善治实际上是国家的权力向社会的回归，善治的过程就是一个还政于民的过程。善治表示国家与社会或者说政府与公民之间的良好合作。从全社会的范围看，善治离不开政府，但更离不开公民。善治有赖于公民自愿的合作和对权威的自觉认同，没有公民的积极参与和合作，至多只有善政，而不会有善治。所以，善治的现实基础与其说是在政府或国家，还不如说是在公民或民间社会。没有一个健全和发达的公民社会，就不可能有真正的善治。反过来说，20 世纪 90 年代以来善治的理论与实践之所以能够得以产生和发展，其现实原因之一就是公民社会或民间社会（civil society）的日益壮大。公民社会是国家和市场之外的所有民间组织或民间关系的总和，其组成要素是各种非国家或非政府所属的公民组织，包括非政府组织（NGO）、公民的志愿性社团、协会、社区组织、利益团体和公民自发组织起来的运动等，它们又被称为"第三部门"（the third sector）。公民社会组织（简称 CSOs）具有非官方性、非赢利性、独立性、自愿性四个显著特点。CSOs 发展壮大后，它们在社会管理中的作用也日益重要，它们或是独自承担起社会的某些管理职能，或是与政府机构合作，共同行使某些社会管理职能。由 CSOs 独自行使或与政府一道行使的社会管理过程便不再是统治，而是治理。

记者：是否可以说，善治的实质是公民社会的成长和公民的积极参与、合作？中国公民社会兴起后将对政治变迁产生怎样的影响？

俞：治理和善治的本质特征是公民社会组织对社会公共事

务的独立管理或与政府的合作管理。反之，公民社会的发展必然直接地或间接地要影响治理的变迁。这一结论不仅已经为许多国家的经验所证实，也同样适用于改革开放后中国的实际情况。改革开放前，公民社会的合法性程度非常低，"民间组织"、"民间社会"、"市民社会"、"公民社会"从1949年后一直是十分敏感的字眼。在高度一元化的组织和领导体制下，公与私、国家与社会、政府与民间几乎完全合为一体，或者说，公吞没了私，国家吞没了社会，政府吞没了民间。改革开放后，随着经济体制和政治体制改革的推进，一个相对独立的公民社会慢慢成长起来，20世纪80年代以来得到了长足的发展。这主要表现为民间组织的数量迅速增加、民间组织的种类大大增多、民间组织的独立性明显增强、民间组织的合法性日益增大。尽管较之西方社会，中国以民间组织为主要载体的公民社会正处在生长发育阶段，远未定型和成熟，但是，正在兴起的公民社会对中国的政治经济改革进程有着重大的影响。治理方面的进展最主要体现在基层民主、公民自治、政治透明、社会监督、财务公开、任职审计等方面。公民社会对善治所起的促进作用还只是初露端倪。随着社会经济生活的深刻变化，中国的政治生活也发生了并且正在发生深刻的变迁，包括治理的变迁。公民社会对治理的变化所起的作用既有积极的方面，也有消极的方面，但其主要作用无疑是推动善治在中国的发展。

记者：2003年8月，您发起的北京大学政府创新研究中心正式挂牌成立。这是中国首家对政府创新实践进行研究、评估和奖励的非盈利性学术机构。早在 2002 年 3 月，尚在筹备中的该中心主持颁发了首届"中国地方政府创新奖"，并宣布将每两年给中国地方政府的创新行为颁奖。这些是您的善治与增量民主理论的实践吗？

俞：政府是国家政治权力的实际掌握者，是政治经济制度的建立者和各种政策法规的制定者。一个国家要实现善治，首先必须实现善政。政府的一举一动都极大地影响着社会的治理状况，影响着全体公民的思想和行为，影响着社会的稳定与发展，政府自身的改革和创新对社会进步具有特别重要的意义。一个良好的现代政府不仅应当是精简、高效、廉洁的政府，而且应当是民主、透明和创新的政府。各级政府要不辱振兴中华的伟大使命，自己首先应当成为创新的表率、民主的表率和现代化的表率。

怎样评价政府的行为和绩效？西方政治学家一直在致力于探索一套能够公正评价民主政治程度的标准和方法。然而，因为政治评价是一件比经济评价更加复杂的事情，所以，政治学家至今也没有找到一种公认的统一标准，在这方面依然充满着争论和分歧。在西方政治学家的各种不同政治评价观背后，有两点共识似乎正在形成之中：其一，政治评价的主体不应当是政治行为者本身，而应当是相对独立的第三者，如学术研究机构。其二，政治评价应当遵循一定的标准。这些标准大体应当包括以下这些方面：公民自由、政治体制、政治参与、政策制定、政治权利、政府效能、政治稳定、新闻自由、责任性、秩序、法治、廉政。这些政治评价标准为政府行为和绩效的评价提供了基本原则。美国等发达国家有一套比较完善的决策咨询制度、听证制度、评估制度和责任制度，有一个独立于政府的政策评估系统，这些做法值得我们重视。

中国至今还没有一个非官方的政策评估系统，这很不利于决策的科学化、民主化。对于各级政府工作绩效的评价，都是政府自己给自己评奖，或者由上级评下级，或者由此部门评彼部门。同一批人既做决策者又做执行者，再让他们反馈政策的执行绩效，不能保证信息不失真。党政机关的工作绩效还应当接受人民群众的评价，并且由第三者来组织这样的评价。作为学术机构，我们研究中心为政府创新评奖，就是这种尝试，在社会各界产生了良好的影响。应当鼓励类似这样严肃的非官方奖，以推动建立一个相对独立于政府又服务于政府的政策评估系统。

原载《科学社会主义》2004 年第 1 期

记者　贾建芳

走向善政和善治之路

——关于《增量民主与善治》一书的对话

　　社会科学文献出版社新近推出的《增量民主与善治》一书，是著名政治学者、中央编译局副局长俞可平教授20多年来对当代中国改革和政治建设思考的论文的结集。作者在书中对中国政治进行了深刻的多角度的考察，提出了一系列独到的根植于国情的富有创见的观点。该书出版后，受到了广泛关注，一版再版。为了帮助读者进一步理清思路，我们就书中的一些主要观点采访了作者。

　　一　改革开放以来，中国社会经济的发展正强劲地推动着现实政治的进步，不断地增强着人们的民主意识、权利意识和法治意识。

　　记者：俞教授，您好！您的近作《增量民主与善治》一书在初版后不久又再版，引起了许多人的关注。在这部著作中，您提出了以增量民主和善治为主要目标的中国政治体制改革设想。那么，您为什么会提出这样的设想？

俞：《增量民主与善治》一书，是我20多年来关于中国民主政治思考的论文的汇编。在这部著作中，我从传统政治文化、全球化、现代化、公民社会、治理与善治等角度，分析了当代中国政治的变迁过程，集中探讨了改革开放以来中国当代政治的理论和实践问题，并提出了以增量民主和善治为主要目标的中国政治体制改革设想。改革开放以来，我国社会发生了翻天覆地的变化，社会经济的发展正强劲地推动着现实政治的进步，现实政治的进步又不断地增强着人们的民主意识、权利意识和法治意识。诸如"人权"、"法治"、"治理"、"善治"、"善政"、"听证"、"问责"、"公民社会"、"民间组织"、"政治透明"、"责任政府"、"政府创新"、"政治文明"、"全球治理"等一些前些年还只出现于学者的文章论著中的术语，现在则广泛地见诸于政策法规，体现在具体的制度和文件中。这是政治科学的进步，更是民主政治的进步。这些变化推动着我对转变中的中国政治的思考，"增量民主"的理论，便是这种思考的结果之一。

记者：许多外国学者认为，改革开放以来中国社会的变化主要发生在社会经济领域，而在社会政治领域则无多少变化。您是怎样看待这种观点的？

俞：的确，在论及中国20多年改革开放的变化时，许多人都会承认中国经济改革的辉煌成就和中国社会生活的巨大变迁，但有些国外学者往往不承认我国政治方面所发生的重大变化。一种典型的观点认为，中国对经济体制进行了根本性的改造，但政治体制基本上原封未动。有人甚至认为，中国经济改革的成功正是得益于这条先经济而后政治的改革路线。确实，如果纯粹按照西方的政治标准，如是一党制还是多党制、是三权分立还是三权合一等，可以说中国的政治体制基本上没有变化。但政治评价的标准不应当只有这一种，如果从中国的政治分析标准来看，如政治的内容、领导体制、公民的权利、中央与地方的关系、党与国家的关系、政府与企业的关系等，这种看法就是不正确的。对于中国社会来说，在影响社会发展的政治、经济和文化三种基本因素中，政治始终是最重要的，对于中国社会来说，不进行重大的政治改革，经济体制就很难有实质性的变化，被称为改革开放标志的十一届三中全会本身就是一次政治变革。我们完全可以说，中国的经济多元化进程是由政治改革启动的，但经济改革的深入反过来又促使政治体制的进一步变革。

二　中国社会的改革实际上都是增量改革，改革开放后，中国正在走上一条增量民主的道路。这也是目前现实环境下惟一一条通向善治的道路。

记者：增量民主理论是您这一部著作的核心命题，那么，"增量民主"理论包含着哪些具体的内涵？

俞：中国的经济改革是一种增量改革，或者说渐进改革，这一点在经济学界似乎已经成为一种共识。但在其他领域，特别是在政治领域，是否也存在着一种增量改革呢？对这一问题，人们很少谈及。我认为，包括上述政治改革在内的所有中国社会改革，实际上都是，或者说应当是增量改革。可以说，改革开放后中国政治的最重要发展，就是中国正在走上一条增量民主的道路，这是在中国目前现实环境下惟一一条通向善治的道路。我认为，增量政治改革和增量民主，有以下几层涵义。

其一，正在或者将要进行的政治改革和民主建设，必须有足够的"存量"。即必须具备充分的经济和政治基础，必须与既定的社会经济体制和经济发展水平相一致，尤其是，必须拥有现实的政治力量，必须符合现存的政治法律框架，具有法学意义上的合法性，不能违背现有的宪法及其他基本法律。

其二，这种改革和民主建设，必须在原有的基础上有新的突破，形成一种新的增长，是对"存量"的增加。这种新的"增量"，不是对"存量"的简单数量增长，而是性质上的突破。

其三，这种改革与发展在过程上是渐进和缓慢的，它是一种突破但非突变。虽然这种突破可能意味着质变的开始，但质变的过程将是十分漫长的。这种渐进改革或渐进民主形成一种"路径依赖"，它不能离开先前的历史轨道，是历史发展的某种延伸。

其四，增量民主的实质，是在不损害人民群众原有政治利益的前提下，最大限度地增加政治利益。根据增量民主的思路，所有政治改革必须在尽可能地不损失公民已有政治利益的前提下，尽可能地增加原来所没有的利益。通过逐渐放大新增的利益，使人民群众实实在在地感受到改革带来的好处，从而使他们自觉地改革原有的利益较小的或损害利益的机制和体制。

其五，根据增量民主或增量政治改革的思路，深化党内民主和基层民主应当成为目前我国政治体制改革的重要突破口。深化党内民主，首先要完善和切实执行党内的各种民主选举制度和民主监督制度，要使党的各级领导真正由党员或党员代表选举产生，真正对自己所领导的党员和人民群众负责。深化基层民主，不仅要把重点放在已经推行的村民自治、居民自治或其他社区自治上，而且要不断探索和扩大新的基层民主形式。

三　政治领域的增量改革，实质上就是稳步推进民主。从这个意义上说，增量政治改革，首先体现为增量民主。

记者：您提到经济领域的"增量改革"又称"渐进改革"，那么，您为什么不把您所倡导的政治改革称为"渐进改革"，而叫作"增量改革"或"增量民主"？

俞：许多人都不加区分地看待"渐进改革"与"增量改革"，这确实也无大错，因为两者都强调改革的有序性、平稳性、连续性。但在我这里两者还是有重要区别的，这种区别主要体现在以下两个方面。第一，"渐进改革"强调的是过程，而"增量改革"强调的是目标与后果，即强调改革必须增加绝大多数人的利益总量。第二，在涉及改革进程时，"渐进改革"强调过程的渐进性和缓慢性，而"增量改革"则在强调改革进程平稳性的同时，也强调必要时的"突破性"改革。根据增量改革的思路，改革也不能总是裹足不前，该突破时必须果断突破。例如，当年邓小平同志大胆倡导以建立社会主义市场经济为核心内容的经济体制改革。中国政治改革的目标是多种多样的，如提高行政效率、遏制腐败、维护社会稳定、转变政府职能等。但是，政治改革的首要目标无疑是发扬民主，即建立高度民主的政治体制，使人民群众能够享受到充分的自由与平等权利。所以，政治领域的增量改革，实质上就是稳步推进民主。从这个意义上说，增量政治改革，首先体现为增量民主。

记者：您在该书中一方面指出，善治是中国政治发展的目标，另一方面又指出，善政是实现善治的关键。那么，这两者之间究竟存在一种什么样的关系？

俞：在经济全球化、政治民主化和文化多样化的今天，善治已经成为人类政治发展的理想目标。简单地说，善治就是使公共利益最大化的社会管理过程和管理活动。善治的本质特征，就在于它是政府与公民对公共生活的合作管理，是政治国家与公民社会的一种新颖关系，是两者的最佳状态。善治的基本要素有十个：合法性、法治、透明性、责任性、回应、有效、参与、稳定、廉洁、公正。

作为政府与公民对社会公共事务的合作管理，善治需要政府与公民的共同努力，而且随着社会的发展和政治的进步，公民在公共事务管理中的作用将变得日益重要。在人类政治发展的今天和我们可以预见的将来，国家及其政府仍然是最重要的政治权力主体。在所有权力主体中，政府无疑具有压倒一切的重要性。鉴于国家及其政府在社会政治过程和公共治理中依然具有核心的地位，因此，在现实的政治发展中，政府仍然是社会前进的火车头，官员依然是人类政治列车的驾驶员，政府对人类实现善治仍然起着决定性的作用。一言以蔽之，善政是通向善治的关键；欲达到善治，首先必须实现善政。但是，善政的内容并不是固定不变的，在不同的时代和不同的社会政治制度下，有着不同的具体内容。在全球化背景下，作为一个社会主义民主共和国的人民政府，善政应当具备以下九个要素：民主、法治、责任、服务、质量、效益、专业、透明、廉洁。一个健康有为的政府不仅是精干、高效、服务、廉洁的政府，而且是民主、法治、透明、创新的政府。

四　中国的改革开放过程，是一个整体性的社会发展过程。它不仅是社会经济文化的进步过程，也是一个政治变革和政治进步的过程。

记者：改革开放20多年来，中国的民主政治发生了哪些新的变化？

俞：随着改革开放的不断深入，以自由、平等、人权、法治等现代民主理念和价值为核心内容的社会主义新型政治文化开始形成；党政不分现象得到有效克服，党对国家的领导不再是简单的行政领导，而是"政治领导，即政治原则、政治方向、重大决策的领导和向国家政权机关推荐重要干部"；一个相对独立的公民社会慢慢成长起来，并且对社会政治生活产生日益重要的影响；政企分开，企业作为独立的法人履行经营管理职能，这从根本上动摇了政治经济高度一元化的传统体制；实行依法治国，建设社会主义法治国家作为国家政治发展的长远目标正式写进宪法，"依法治国"上升为国家的宪法原则；直接选举和地方自治的范围逐渐扩大，以村民自治为表征的基层民主取得突破性发展；地方政府特别是基层政府出现了一种制度创新的强大动力，在许多地方党政机关中，创新成为一种自觉的行为，地方民主治理在许多方面取得了重要的进展。所有这些都是改革开放的产物，它们本身都是中国政治改革的成就。同时，我们也应该看到，这些政治发展和政府创新，都是在中国土地上生长发展起来的，是中国人民自己的创造，是与中国具体的国情相结合的产物，但同时，它们也体现人类社会普遍的政治价值。最后，这些政治发展和政府创新的基本目标，就是在中国确立一种现代的社会主义民主政治体制，建设社会主义的政治文明，保证人民能够充分实现自己本来就应当拥有的自由、平等、尊严等民主权利。

原载《北京日报》2005 年 10 月 17 日

记者　李庆英

善治，使公民与政府良好合作

  怀着浓厚理想主义情结的俞可平教授始终不希望看到世俗中的不正之风染指"中国地方政府创新奖"。在他看来，媒体的参与能够有效地遏制这种可能性。为此，鲜有露面的他开始努力和那些难以对付的记者们打交道。

  在60多家媒体的围追堵截中"逮"住俞可平并非易事，《新民周刊》对他的专访便是在这样的情形下完成的。

  记者：和上一届"中国地方政府创新奖"颁奖时主办单位没有请任何媒体参加相比，这次颁奖仪式显然要"张扬"了许多。作为该奖项的总负责人，您是不是觉得在中国由民间对政府行为进行评估的时代已经到来？

  俞：我更愿意换一种角度来谈这个问题。上次没有邀请新闻单位参加颁奖仪式，是因为上一届我们是第一次搞这样的评奖，没有经验。由民间给政府评奖确实敏感，我们不希望一下子把这个事情推到社会上去。因为一旦出现问题，这样一个好的项目很可能一下子就夭折了，所以我们比较谨慎。

这一次各方面的条件都比较成熟了，所以邀请了许多媒体参加。这当中还有一些其他方面的原因：第一，我们希望这个奖的评选过程更加透明，现在很多评奖都有不正之风，我们希望"中国地方政府创新奖"能建立一个品牌，能够真正成为一个公开、公平、公正的奖项。要做到这一点，首要的是保证整个评选过程透明，所以我们欢迎你们媒体全程监督。第二，评估这样一个政府创新项目需要公正，需要真正按照严格的标准来进行评估，我们有很多程序保证其公平性，但其中一个很重要的程序就是接受媒体的监督。第三是参与，因为这种民间评奖需要媒体的参与，这种参与有几个阶段，媒体不能参议到我们的专业性评估过程中，这不是媒体分内的事，但是你们可以参与对项目的跟踪、考察过程，还有颁奖等活动，这样一方面我们对政府改革进程的了解更加全面，同时可以使我们做得更好。

记者： 您怎样看在中国开展这样的创新活动的环境？

俞： 应该说地方政府进行创新的环境是越来越好了。十六大提出政府管理体制改革创新是政治体制改革的一个重要部分，在前不久召开的十届全国人大二次会议上，温家宝总理在他的政府工作报告中又提到政府怎么样进行自身改革，政府管理创新就是政府自身改革。所以现在中央很重视这个问题。第二就是地方政府也做了很多努力和尝试，有许多很好的经验。

再加上我们有了第一届"中国地方政府创新奖"，民间和学术机构对政府行为的评估被越来越多的人接受了。所以从这几方面来讲，地方政府进行创新的环境和气候肯定是越来越好了。

记者："中国地方政府创新奖"已经进行了两届。您觉得需要在哪些方面对这个奖项进行改进？

俞："中国地方政府创新奖"有很多需要改进的地方。首先，从项目本身来讲，它的宣传力度还远远不够，很多地方政府还是不知道这个奖。每次评奖前，我们只是在《人民日报》上发两次公告。第二，评估的程序和标准还需要改进，有一些标准的操作性不太强。比如，我们现在的评选标准中有一个指标是可持续性，它的操作性就不是太大。我们现在对可持续性的衡量只能通过项目来预测，但实际上这个项目究竟有没有可持续性是很难预测的。第三，到现在为止，还没有专门的基金会保证我们的研究和评估能够持续地做下去。

从地方政府的角度来讲也还有需要改进的地方，地方政府应该增进对我们项目的了解。因为我们这个奖确实和传统的评奖不一样，我们更应该看到它对社会产生的公共效益的积极作用，而不是对官员个人的升迁有什么样的作用，所以地方政府应该换一种思路看这个奖。

记者：我在对提名奖负责人的采访过程中发现，几乎所有获奖者在进行创新的时候都得到了上一级领导或组织部门的认可或至少是默许。如果没有这种认可或默许，您认为在中国这样的创新是不是还能够得以进行？

俞：一般来说，作为党政部门的创新行为，当然要得到其上级部门的许可。但更多的情况恐怕是上级部门对创新项目本身并没有明确的肯定或否定意见，因为大量的项目是下级部门按照"立党为公、执政为民"的根本宗旨自发地发起的。而且，我认为只要一个创新项目能够真正体现"执政为民"的宗旨，并且取得了人民群众"摸得着、看得见"的实际效益，为社会所接受，那么，它迟早也会得到上级领导部门的支持。

记者：最近几年，您竭尽全力地提倡和推进地方政府的创新行为。这是不是为了达到您所倡导的善政进而达到善治？

俞：应当说肯定是有关系的。人类自从产生政治制度以后就希望有一种理想的政治状态。不同时代理想的政治状态是不同的。当年西方有乌托邦，中国古代有大同世界。在全球化的时代，我认为最好的、理想的政治状态就是善治，即公共利益最大化的社会管理过程和管理活动。它的实质是公民与政府的一种良好的合作，政府与公民合作来管理这个社会，更多地让公民自己来管理这个社会。这样一种状态我认为是一种比较理想的政治状态，即善治。它有十个标准：合法性、法治、透明性、责任性、回应、有效、参与、稳定、廉洁、公正。但是在中国目前的状态下，要达到善治首先必须实现善政，也就是说要达到理想的政治状态，政府是至关重要的。它必须更加透明，更加民主，更加廉洁，更具有责任性、服务性，等等。从这个意义上讲，我认为在中国实现善治的关键是政府。如果社会要达到这样一种好的理想的善治状态，我们首先要鼓励政府实行善政。我们设立"中国地方政府创新奖"就是鼓励政府创新，使政府真正做到立党为公、执政为民。无论是善治也好、效率也好、创新也好、廉洁也好，其实在中国现在这样的条件下，政府始终都处在至关重要的地位，都应该起到表率作用。如果政府做好了，就能带头让整个社会做得更好。

原载《新民周刊》2004 年第 13 期

记者 曲力秋

积极实行增量政治改革，
加快建设社会主义政治文明

记者： 党的十六大报告对政治体制改革作了重要论述，其中最引人注目的，是明确提出了建设社会主义政治文明的目标，把中国社会发展的目标从原来的社会主义物质文明和精神文明，扩展到社会主义的政治文明。建设社会主义政治文明，这是中国特色社会主义理论的一个很富新意的重要命题，使我们对政治体制改革的认识达到一个新的高度，或者说视角。请您首先就怎样理解政治文明及我们所要建设的社会主义政治文明谈一谈您的看法。

俞： 简单地说，政治文明就是人类政治进步的整体状态。政治文明的标准和内涵在不同的时代和不同的国家各不相同。我们所要建设的政治文明，是建立在中国具体国情的基础上，由中国共产党领导的、以人民当家作主为核心内容的社会主义政治文明。另一方面，政治文明是人类文明的组成要素之一。人类文明具有共性，因此，不同国家和不同时代的政治文明之间也存在着许多共同的基本要素。

首先，政治文明要求有一种先进的政治文化。它包括人们的政治传统、政治认知、政治态度、政治信仰、政治情感和政治价值，其中政治价值在政治文化中处于核心地位。一种先进的政治文化，要求公民和政府官员具有自由、平等、公平、正义、尊严和安全为主要内容的政治价值观。

其次，政治文明要求有一种先进的政治制度。它包括国家制度、政府制度、政党制度、立法制度、行政制度、司法制度、选举制度、决策制度、国防制度等。其中，最重要的是国家制度。国家制度通过宪法等根本法律，规定着国家政权的性质、国家的结构和国家的职能，决定着国家重要政治利益的分配和重要政治关系的调整。

再次，政治文明要求有文明的政治行为。它包括立法行为、行政行为、司法行为、选举行为、参与行为、决策行为、监督行为、管理行为等等，其中政府及政府官员的行为具有特别重要的意义。一般情况下，政府行为由于其权威性和强制性，对其他政治行为具有决定性的影响，政府行为的文明程度基本上代表着一个国家的政治行为文明程度。

最后，政治文明要求有高素质的政治主体，即高素质的政治行为者。它包括政府组织、政党组织、利益团体、民间组织、国际组织、政治家、官员和公民等。其中，官员，特别是政治家，在政治主体中占据着主导性地位。政治家和官员集中掌握着国家的政治权力。他们的素质优劣，特别是他们的民主素质和法律素质，在相当程度上反映着全社会的政治文明程度。所以，政治家和官员在政治文明建设中应当起到模范和表率作用。

上述政治文明的四个要素的相互作用，便构成社会的政治生活。社会的政治文明集中体现为社会政治生活的文明。政治文明是人类政治进步的一个不断的发展过程，从这个意义上说，政治文明也就是政治现代化。近现代以来，人类政治追求的核心目标，是建立民主政治，保证"人的全面而自由的发展"。从这个意义上说，政治文明就是高度的民主。总之，政治文明是一个内涵极其丰富的概念，是人类政治进步的整体状态和基本理想。建设政治文明的过程，就是一个全面推进政治进步的过程。

记者：那么，根据政治文明及政治文明建设的涵义，我们的政治体制改革是否可以理解为是全面推进政治进步、建设社会主义政治文明的重要形式、途径？同时，正因为这种重要性，决定了政治体制改革是一个困难的、逐步推进的历史性任务，不会一蹴而就。您认为应当怎样认识中国目前政治体制改革及政治文明建设的发展状况？据悉，一些西方学者认为中国政治领域的改革进展甚少。对此，您怎么看？

俞：改革开放20多年来，中国社会发生了翻天覆地的变化，取得了举世瞩目的巨大成就。中国的改革开放过程，不仅是社会经济文化的进步过程，也是一个政治变革和政治进步的过程。改革开放后，中国的政治文明建设取得了许多重要的成就，中国的政治生活发生了重大的变化，中国的政治始终处于进步之中。

对此，在学术界，特别是海外学者中，一直有这样一种观点，即认为改革开放以来，中国社会确实发生了深刻的变化，取得了巨大的成就，但基本上限于经济领域，而政治领域几乎没有实质性的变化。一些学者甚至对此做出了理论上的概括，指出：中国改革的成功，正是因为中国政府奉行了一条先经济而后政治的改革路线；苏联之所以改革失败，正是因为苏联领导人奉行了一条先政治而后经济的改革路线。我认为，中国的政治改革滞后于经济改革，这是一个事实，但以此认为改革开放后中国只有经济的变迁，而无政治的变化，则是不符合事实的。

客观地说，中国的改革开放过程，是一个整体的社会变迁过程。改革开放后的中国，不仅在社会经济文化方面有了极大发展，在政治领域也取得了很大进步。首先要看到公民政治文化的变化。一种新的现代民主价值观正在成为人民的政治评判标准。这种新的民主价值标准，在相当程度上吸收了人类政治文明的合理内容，包括自由、平等、人权、法治等现代的民主理念。公民的权利意识开始复苏，权益的自我保护意识大大增强。公民在政治文化方面的这些变化的总方向，是日益离开传统中国的政治文化，而更加接近现代的民主政治文化。

公民的政治价值、政治意识和政治态度，决定着其政治行为的性质和方式，改革开放以后中国公民政治文化的变化，必然会导致社会政治生活的变化，也必然会通过政治生活的变化而反映出来。20 世纪 80 年代以来，中国政治的下述重要变化直接或间接地反映了不断发展着的社会主义新型政治文化。

党和国家开始适度分离。党和国家不分，党与政府不分，是改革开放前我国政治生活的显著特征。我们把这种政治体制称作"党的绝对一元化领导"。改革伊始，以邓小平为核心的党的第二代领导集体就把"党政分开"作为改革的重要内容。经过 20 年的努力，我们在这方面取得了许多重大的进步。例如，新的党章规定，党不得凌驾于法律之上，必须在国家宪法和法律范围内活动。党中央多次强调指出，从中央到基层，所有党组织和党员的活动都不能同国家的宪法、法律相抵触，党员只有模范地遵守宪法和法律的义务，而没有任何超越宪法和法律的特权。又如，党不再代替政府作为直接的行政管理机关。中央一再强调，党政职能要分开，党不得代替政府直接行使行政管理职能。党领导人民建立了国家政权、群众团体和各种经济文化组织，党应当保证政权组织充分发挥职能，应当充分尊重而不是包办群众团体以及企事业单位的工作。党对国家的领导不是简单的行政领导，而是"政治领导，即政治原则、政治方向、重大决策的领导和向国家政权机关推荐重要干部"。

公民社会开始出现。改革开放后，一个相对独立的公民社会慢慢成长起来。这主要表现在以下四个方面：民间组织的数量迅速增加；民间组织的种类大大增多；民间组织的独立性明显增强；民间组织的合法性日益增大。在 20 世纪 50 年代，全国性的社团只有 44 个，60 年代也不到 100 个。到了 1997 年，全国县级以上的社团组织即达到 18 万多个，其中全国性社团组织 1848 个。县以下的各类民间组织至今没有正式的统计数字，但保守的估计至少在 300 万个以上。这些民间组织正在对中国的民主与治理发生重大的影响。

把建立社会主义法治国家作为政治发展的目标。文化大革命的政治悲剧之所以能在中国发生，重要原因之一便是法制不健全，政治统治依靠的是人治，而不是法治。鉴于这一惨痛教训，党的第二代和第三代领导集体特别强调改革开放过程中的法制建设，并且提出了建立"社会主义法治国家"的长远目标。1997 年 9 月召开的党的十五大正式将"依法治国，建设社会主义法治国家"作为政治目标写入其政治报告。1999 年 3月召开的九届全国人大二次会议对当时的宪法进行了修改，将"实行依法治国，建设社会主义法治国家"正式写进宪法，使"依法治国"上升为国家的宪法原则。

扩大直接选举和自治的范围。改革开放后，党和国家一直把民主建设的重点放在基层，强调基层民主。根据这种思路，1979 年 7 月通过的《中华人民共和国全国人民代表大会和地方各级人民代表大会选举法》规定，县和县以下各级人民代表由选民直接选举产生。1998 年和 1999 年在四川省和深圳特区分别各有一名乡长和镇长通过公民直接选举产生，这表明直接选举的范围正在以不同的方式慢慢扩大。在基层民主方面，最引人瞩目的发展当推村民自治的广泛推行。1989 年 12 月全国人大常委会通过《中华人民共和国村民委员会组织法》，规定在中国农村逐步实行村民自治制度，国家权力机关不再直接管理农民事务，村长和其他村干部完全由村民自由选举产生。截止 1997 年底，60% 左右的中国农村开始推行村民自治，选举产生了 90 多万个村民委员会，村民参选率一般都达到 90% 左右。中国目前 13 亿多人口中有 8 亿多是农民，率先在农村实行村民自治，对于中国的民主政治建设具有特别重要的意义。

政企分开。政府拥有并直接管理企业是传统社会主义体制的一大特点。在这种体制下，国家垄断并经营所有重要的企业，企业的领导人由党和政府委派，他们享受行政官员的待遇，企业也像政府机关一样有严格的等级。政企不分是传统的命令经济的结构性基础，也是计划经济的必然产物。要真正推行市场经济，就必须建立现代企业制度。而现代企业制度的前提，就是企业必须是独立的法人。党的第二代和第三代领导集体一直把政企分开当作改革的主要任务。在这方面我们已经取得了明显的成效，包括国有企业在内的所有企业已经完全从行政系统中分离出去，政府不直接管理企业，大多数国有企业已经或者正在转变所有制形式和经营管理方式，企业领导也不再享受党政官员的待遇。

地方政府创新。随着政治观念的转变和政治环境的改变，近些年来，地方政府特别是基层政府出现了一种制度创新的强大动力，在许多地方党政机关中，创新成为一种自觉的行为。从我们已经掌握的材料来看，近年来出现了以下这些重要的地方政府创新行为。

（1）在政治透明方面，主要有：① 政务公开，即党政领导机关在制定重大政策之前广泛听取相关专家和群众对该项政策的意见和建议，并且在可能的情况下吸收有关人员参与决策过程，避免重大决策过程的"黑箱作业"，使政策在颁布和实行之前能够为公众所知。② 警务公开，在涉及公民切身利益的治安、户政、拘留等问题上，使相关当事人知晓这些警政事务，并进行相应的警务监督。③ 司法公开，主要是公开审判，在一般民事和刑事案件的审判时，允许公民旁听。④ 检务公开，即对当事人或公众公开相关的检察事务，允许律师提前介入对犯罪嫌疑人的起诉过程。⑤ 任前公示，即党政权力部门的领导人在正式任命前，将拟任人选的有关情况公布于众，在规定的期限内听取公众对候选人的意见。⑥ 政府上网，即通常所称的"电子政府"，政府在互联网上发布政务信息，在网上办公，直接处理公务和接受公民访问。

（2）在行政服务方面，主要有：① 市长热线，架设 24 小时的市长专用热线电话，公民可直接通过电话对政府的政策和行为提出批评、意见和建议，由政府负责处理。② 领导下访，即主要领导干部如市长、县长、乡镇长和各级地方党委书记，率领同级党政机关的主要负责人，定期到基层进行现场办公，听取公民的申诉、请求、建议，能够当场解决问题的，责成各部门当场解决，现场解决不了，限期解决或对当事人作出答复和解释。③ 扶贫济弱，政府制定具体的计划和措施，帮助贫困者或社会弱势群体在一定的期限内摆脱贫弱状态。④ 治安联防，建立社区巡逻制度、110 接警制度，预防日益加剧的刑事犯罪。⑤ 全民教育，在农村和城市社区设立各种义务学校，免费为居民提供学习知识的机会。

（3）在干部选拔和权力制约方面，主要有：① 干部竞争上岗，即公开发布领导岗位的招聘信息，鼓励有资格的公民前来应聘，公平竞争，择优录用。目前，公开竞争的领导职务的最高级别已达到厅局级干部。② 乡镇长直接选举，在一些省市，近年来将直接选举从村民委员会主任向上扩至乡镇长，如四川省步云乡的乡长直接选举和深圳市大鹏镇的"三轮两票"制选举镇长。③ 公推公投和"两票制"，在一些基层，对党支部书记的候选人采取党内和党外共同推选的办法，党内选举和党外推荐相结合。④ 行政诉讼，即通常所说的"民告官"，公民可据法律对违法的政府行为向法院起诉。法院判决政府败诉的行政行为，公民有权要求政府对其侵权行为给公民造成的损失进行赔偿。⑤ 离任审计，党政干部在即将离开原领导职务之前，接受政府审计和财务审计，以决定其在任职期间有否在财务上违反国家的法律和党的纪律。⑥ 舆论监督，一些地方政府制定专门的法规，保证新闻媒体对政府行为的监督，特别是对政府官员违法乱纪行为的曝光和批评。

（4）在行政效率和廉洁自律方面，主要有：① 简化行政审批手续，许多地方政府提供"一条龙"的行政办公服务，缩短审批时间，减少行政成本。② 强化行政责任，实行各种形式的承诺制度，避免经常出现的相互推诿和"踢皮球"。③ 急事急办制度，对一些政府公共服务方面的紧急事务，打破正常的行政程序，随时处理。

中国政治的上述这些改革发展，有些是带有普遍性的，有些是局部性的；有些是自上而下的，有些则是自下而上的；有些是制度性的，有些是政策性的。在这些不同形式的政治发展和政府创新的背后，却存在着一些共同的东西。首先，它们都是改革开放的产物，它们本身都属于国内的政治改革，但国内的改革与对外开放密不可分，没有对外开放，就很难想像会有这些内部的改革。其次，所有这些政治发展和政府创新，都是在中国土地上生长发展起来的，是中国人民自己的创造，是与中国具体的国情相结合的结果，但同时，它们也体现人类社会普遍的政治价值。最后，这些政治发展和政府创新的基本目标，就是在中国确立一种现代的社会主义民主政治体制，建设高度发达的社会主义政治文明，保证人民能够充分实现自己拥有的自由、平等、尊严等民主权利。

记者：经过这样一番总结、概括，令人感到对中国 20 余年来政治领域的变革、进步确实不能忽视。这些改革的进展使过去传统的高度集权的体制受到很大冲击，同时为今后的政治体制改革奠定了基础。看到这些，使我们对今后的改革充满信心。面对艰巨的改革任务，您认为应该走一条什么样的行之有效的道路？

俞：总结已有的成绩，是为了正确估量形势，为进一步的发展制定决策。毋庸讳言，中国的政治发展确实在相当程度上还滞后于社会主义市场经济的发展，与人民群众的理想目标相比还有很大的差距。所以党的十六大把继续进行政治体制改革当作党和国家的重要任务。我认为，中国的政治改革应当走一条增量改革的道路。

中国的经济改革是一种增量改革，或者说渐进改革，这一点在经济学界似乎已经成为一种共识。那么，在其他领域，特别是在政治领域，是否也是或者应当是一种增量改革呢？对这一问题，人们很少谈及。在我看来，包括上述政治改革在内的所有中国社会改革，实际上都是，或者说应当是增量改革。可以说，改革开放后中国政治的最重要发展，就是中国正在走上一条增量民主的道路，这是在中国目前现实环境下惟一一条通向善政和善治的道路。

中国政治改革的目标是多种多样的，如提高行政效率，遏制腐败，维护社会稳定，转变政府职能等等。但是，政治改革的首要目标无疑是发扬民主，即建立高度民主的政治体制，使人民群众能够享受到充分的自由与平等权利。所以，政治领域的增量改革，实质上就是稳步推进社会主义民主。从这个意义上说，增量政治改革，首先体现为增量民主。

我在这里提出的增量政治改革和增量民主，有以下五层基本涵义。

首先，正在或者将要进行的政治改革和民主建设，必须有足够的"存量"。即必须具备充分的经济和政治基础，必须与既定的社会经济体制和经济发展水平相一致，尤其是，必须拥有现实的政治力量，必须符合现存的政治法律框架，具有法学意义上的合法性（legality），不能违背现有的宪法及其他基本法律。

其次，这种改革和民主建设，必须在原有的基础上有新的突破，形成一种新的增长，是对"存量"的增加。这种新的"增量"，不是对"存量"的简单数量增长，而是性质上的突破。它不仅具有法学意义上的合法性，更重要的是具有政治学意义上的合法性（legitimacy），即对于社会进步和公共利益而言具有正当性，并为绝大多数公民所自觉认同。

其三，这种改革与发展在过程上是渐进的和缓慢的，它是一种突破但非突变。虽然这种突破可能意味着质变的开始，但质变的过程将是十分漫长的。这种渐进改革或渐进民主形成一种"路径依赖"，它不能离开先前的历史轨道，是历史发展的某种延伸。

其四，增量民主的实质，是在不损害人民群众原有政治利益的前提下，最大限度地增加政治利益。换言之，它注重政治改革的稳定、有序和效益。根据增量民主的思路，所有政治改革必须在尽可能地不损失公民已有政治利益的前提下，尽可能地增加原来所没有的利益。通过逐渐放大新增的利益，使人民群众实实在在地感受到改革带来的好处，从而使他们自觉地改革原有的利益较小的或损害利益的机制和体制。

其五，根据增量民主或增量政治改革的思路，深化党内民主和基层民主应当成为目前中国政治体制改革的重要突破口。深化党内民主，首先要完善和切实执行党内的各种民主选举、民主决策和民主监督制度，要使党的各级领导真正由党员或党员代表选举产生，真正对自己所领导的党员和人民群众负责。深化基层民主，不仅要把重点放在已经推行的村民自治、居民自治或其他社区自治上，而且要不断探索和扩大新的基层民主形式，如乡镇长选举方式的改革等。

更进一步说，增量民主的概念应当包括以下几个要点。

强调民主的程序。所谓民主，就是一系列保证公民实现自由、平等和其他权利的制度和程序。社会主义民主政治的核心问题是人民的政治参与，人民的参与过程是实现民主的根本途径。参与本身就是一种人民行使民主权利的表现，一部规定"主权在民"的宪法固然是重要的，但仅有规定公民民主权利的法律是远远不够的。对于现实的民主政治而言，宪法和法律的条文固然重要，但同样重要的是对这些条文内容的动态控制以及实现这些条文的实际程序。

高度重视民间组织和公民自身在建设社会主义民主政治中的重要作用。从某种意义上说，社会主义民主政治的发展过程也就是公民社会不断扩大而政治国家不断缩小的过程，就是还政于民的过程。社会主义民主的实质意义是人民的统治，但是，人民的统治总是间接的，直接行使权力的是政府。因而，就其现实性和操作性而言，民主的意义就是人民对政府的有效监督和制约，所以公民和合法的民间组织的监督就显得特别重要。

推崇法治，依法治国、依法治党。只有厉行法治，杜绝人治，才能从根本上防止个人专制的出现，才能真正保护公民的自由权利。传统中国数千年来一直实行人治，所以，它虽有"法制"却没有"法治"。这是专制主义盛行的重要原因。没有法治即没有民主，要建立高度的社会主义民主政治，首先就必须实现从人治向法治的转变，建立社会主义的法治国家。对于中国来说，法治的实现程度，几乎也就是民主的实现程度。在坚决推行依法治国的同时，也要坚决实行依法治党。依法治党的基本意义就是，党领导人民制定法律，党本身必须在国家宪法和法律的框架内活动，必须依法执政，党的政策和规定不得与国家的法律相抵触。一切党组织和党员都必须严格遵守国家的法律和党的规章。看一个党组织、一个党员或一个党员领导干部是否合格和称职，必须看其是否遵守国家的法律，看这个执政党所制定的政策是否在宪法和法律的框架之内。要做到胡锦涛同志《在首都各界纪念中华人民共和国宪法公布实施二十周年大会上的讲话》中所提出的要求：

"党的各级组织和全体党员都要模范地遵守宪法，严格按照宪法办事，自觉地在宪法和法律范围内活动，团结带领广大人民群众不断创造改革开放和社会主义现代化建设的新业绩。"

充分发挥党组织和政府在民主建设中的重要作用。根据中国的具体国情，党组织和政府在社会主义政治生活中扮演着特别重要的角色。从中国的实际情况看，基层民主是由党组织和政府推动的，民间社会是由党组织和政府引导的，市场经济是党组织和政府倡导的，法治进程也是党组织和政府推动的。所以，各级党组织和政府在社会主义政治文明建设中应更加主动和积极地发挥自己的领导作用。

建立和完善现代的动态政治稳定机制。政治体制改革必须维持社会安定，但是，在社会主义市场经济条件下，我们所要达到的不再是一种"传统的稳定"，而是"现代的稳定"。传统的稳定是一种静态的稳定，其主要特点是把稳定理解为现状的静止不动，并通过压制的手段维持现存的秩序。与此不同，社会主义市场经济所要求的"现代的稳定"则是一种动态的稳定，其主要特点是把稳定理解为过程中的平衡，并通过持续不断的调整来维持新的平衡。以公民对某些官员或某个政府机关的不满为例，我们可以有两种处理方法：一种是通过各种手段禁止公民表达其对某些官员或某个政府机关的不满，用强制的方式来维持现存的政治平衡；另一种是让公民通过合适的渠道表达其不满，然后根据公民的不满和政治生活中新出现的问题及时调整公民——政府关系，用新的政治平衡去替代旧的平衡。前一种方式就是我们所说的传统的静态稳定，后一种便是现代的动态稳定。动态稳定的实质，是用新的平衡代替旧的平衡，它绝不是像文革时期那样的无序状态，而是使秩序由静止的状态变为一种过程的状态，真正达到江泽民同志在党的十五大报告中所指出的"在社会政治稳定中推进改革、发展，在改革、发展中实现社会政治稳定"。

原载《理论动态》2003 年 4 月 10 日

记者　殷　真　刘荣荣

政治发展更要软着陆

　　外界传说，中央编译局副局长俞可平教授是接近中共最高权力层的"文胆"。我们带着探访"文胆"的心情来到中央编译局，操着一口浙江普通话的俞可平在他明亮的办公室接待了我们。他明确否认自己是"文胆"，且不认同现代的民主政治体制还有存在"师爷"、"文胆"的必要。他说："'师爷'啊、'文胆'啊，我认为是中国传统的政治产物，应当慢慢通过中国现代的民主决策体制来替代，决策不应当依靠几个'文胆'的个人行为。那样才对呢！"他的话让我们心生感动，进而感到这位身材瘦削、书卷气十足的学者的可爱。

　　《大公报》记者就中国政治体制改革、和谐社会下的稳定观、中国社会转型等热点问题独家采访了俞可平教授。

记者：请您谈一谈对未来中国政治体制改革的前瞻性看法。

俞：这个问题实际上涉及中国政治的发展方向，是一个很大的问题，也是一个非常受人关注的问题。作为一名研究当代中国政治问题的学者，我当然对此也十分关心。从总体上说，我对未来的中国政治发展比较乐观，是一个乐观主义者。

谈到中国的政治体制改革，海内外有一种较为流行的观点，认为改革开放以来，中国的经济飞速发展，中国社会也发展了巨大的变化，但政治体制没有实质性变化，甚至没有什么重要变化。有人甚至把这一点当作中国经济发展的一条成功经验。例如，有一个很有名的美国学者认为，中国经济改革的成功正是得益于这条先经济而后政治的改革路线。反之，前苏联改革的失败是因为奉行了一种相反的先政治后经济的改革策略。

我不同意这种观点。确实，如果纯粹按照西方的政治标准，如是多党制还是一党制、是三权分立还是三权合一等，可以说中国的政治体制基本上没有变化。但政治评价的标准不应当只有这一种，如果从中国的政治分析标准来看，如政治的内容、领导体制、党与国家的关系等，这种看法就是不确当的。对于中国社会来说，在影响社会发展的政治、经济和文化三种基本因素中，政治始终是最重要的，正如深谙中国传统文化的毛泽东所说："政治是统帅，是灵魂，是一切经济工作的生命线。"在社会经济制度发生根本变革的时期，尤其是这样。对于中国社会来说，不进行重大的政治改革，经济体制就很难有实质性的变化。被称为改革开放标志的中共十一届三中全会本身就是一次政治变革。我们完全可以说，中国的经济多元化进程是由政治改革启动的，但经济改革的深入反过来又促使政治体制的进一步变革。

中国的改革开放和经济发展给中国社会所带来的影响是整体性的，它不仅影响着人民的生活水平，也影响着人们的价值观念、文化传统和政治生活。在过去的20多年中，中国的政治生活至少在以下这些领域发生了重大变化：自由、平等、人权等现代政治价值日益深入人心；民主意识、法治意识、权利意识逐渐增强；党和国家开始适度分离；公民社会开始出现；把建立法治国家作为政治发展的目标；扩大直接选举和地方自治的范围；政府和企业分开；政治环境变得相对宽松。比如，《大公报》在海内外都有影响，但是即使像《大公报》这样的媒体，以前像我们这种身份、这种机构，接受你们的采访也是不可能的。

这些改革的直接结果是，民主范围越来越扩大。即使按照西方的直接选举标准，选举的范围也一直在扩大。我们最初搞村级直选，现在有些乡镇已经开始直选了。公民的权利也更加得到重视。我觉得我们现在很多人讲民主，并没有抓住民主的要害。民主真正的目标事实上要落实到公民权利的保障上，这个是最关键的。如果从这个角度看，覆盖的领域宽了，实现的程度也越来越高了。几年前我们提出人权，还是把它当作西方的口号，可现在已经把它写进宪法。早些年，我写宣扬人权的文章，我从马克思主义角度分析，认为社会主义更应该讲人权，当时还有人批判。现在把人权写入了宪法，这是多么大的变化啊，也是很重要的进步。

当然，毋庸讳言，与中国社会经济发展的程度和公民对民主政治的要求相比较，我们的政治体制在不少方面还严重滞后。例如，我们的民主和法治程度还不高；政治制度还相当不完善，还存在许多不合理的规定；决策过程不够科学，政策失误过多；政府管理职能越位、缺位和错位现象同时并存；政府行为不规范，依法行政水平不高；一些政府管理机构设置不够科学，行政成本过高，而行政效率则偏低；政治过程不够透明，公民的参与程度不高；政治生活中弄虚作假、形式主义、官僚主义、铺张浪费等现象相当严重；官员个体的腐败和单位集体的"公共腐败"同时并存；缺乏科学的政绩观，"形象工程"、"政绩工程"还比较普遍。正因为我们在政治生活中还存在着这些严重的问题，所以，我们必须至少像重视经济体制改革那样重视政治体制的改革。

说到政治体制改革的方向，我觉得有几点是不可变移的。换个角度说，中国的政治体制改革应当做到：① 使中国的政治生活变得更民主，使公民的权利得到更多的保障，使社会的法治程度更高，使政府行为给公民带来更多的公共利益；② 在充分借鉴人类政治文明优秀成果的基础上，建立一套适合中国特殊国情的中国式民主制度。它既包含人类共同的政治发展规律，又具备在中国有效推行的现实条件；③ 最大限度地增加社会的公共利益，走一条增量政治改革的道路，或者说增量民主的道路。

按照这样的思路，我觉得政治体制改革可能千头万绪，但突破的重点应当放在以下这些方面：第一，发展党内民主，以此带动社会民主，因为中国共产党是中国惟一的执政党，是政治权力核心，没有党内民主，社会民主很难有实质性的发展；第二，积极推动基层民主，特别是县乡两级的民主，为民主政治打下最坚实的基础，让广大公民切实感受到改革不仅带来经济利益的增加，也带来政治利益的增加；第三，加大政府管理体制改革的力度，采取有效措施，建立法治政府、服务政府、责任政府、效益政府和透明政府；第四，积极培育公民社会，要更少一些统治，更多一些治理，即更少考虑政府自身的利益，而更多地考虑社会的公共利益。

记者：有观点指出，"以经济建设为中心"已经完成了它的历史任务，现在应该提以社会发展为中心。您怎么看待这个问题？

俞：首先从历史角度来看，将经济建设作为中心肯定是对的，因为改革开放初中国的经济基础薄弱，只有经济发展了才能解决其他问题，这个没有错。一些学者提出，单纯追求经济，经济压倒其他以后，一些负面现象就出来了，包括生态环境恶化、社会不公、视经济增长为惟一的政绩等等。这些问题并不是因为把经济发展当成中心造成的，而主要是由其他因素导致的。以经济发展为中心并不等于经济发展是惟一的，或者说经济发展可以否定其他的东西。以经济建设为中心，只是强调经济建设是基础性的。只有奠定这个物质基础，才能使政治、文化和社会的其他方面有更好的发展。邓小平同志当年改革开放的这一基本思路并没有错。

在过去的发展中确实出现了一些比较严重的问题，如生态失衡、能源短缺、分配不公、差别扩大等，我认为原因是多方面的。其中有一方面的原因是有些官员、有些地方政府和政府部门，把"发展是硬道理"这一原则理解偏了，片面追求经济增长，以致不惜任何代价，把单纯的经济增长等同于经济发展，又把单纯的经济发展等同于整个发展。正是为了克服发展过程中出现的偏差和问题，新一届中国领导人提出了科学发展观，即社会的经济、政治、文化和生态等要协调发展。我非常赞成协调发展或平衡发展这个观点，某个方面的发展不应以牺牲其他方面的发展为代价。我觉得科学发展观的提出，表明政府的责任更加重大，因为社会经济、政治、文化、生态的协调发展，主要是政府的责任。有些问题，市场经济自身是解决不了的，要通过政治手段来解决，比如分配不公、教育不公、司法不公、环境破坏、社会不和谐等问题。这些问题主要得依靠政府才能解决，从这个意义上说，政治体制的进一步改革，也是贯彻落实科学发展观和建设和谐社会的客观要求。

记者：您怎么看和谐社会的稳定观？跟以前的"稳定压倒一切"有没有什么不同？

俞：我一直在倡导"动态稳定"。市场经济要求动态稳定。在市场经济条件下，我们所要达到的不再是一种"传统的稳定"，而是"现代的稳定"。传统的稳定是一种静态的稳定，其主要特点是把稳定理解为现状的静止不动，并通过抑制的手段维持现存的秩序。与此不同，市场经济所要求的现代的稳定则是一种动态的稳定，其主要特点是把稳定理解为过程中的平衡，并通过持续不断的调整来维持新的平衡。

我们现在应当追求的是动态的稳定、现代的稳定，不能再像过去那样维持一种静态的稳定、传统的稳定。传统的稳定以"堵"为主；现代的稳定则以"疏"为主。"堵"的表现就是，你对上级不满，你要抗议，我不让你抗议；你不是要反映么，我不让你反映，要不就采取措施处罚你，让你不敢。动态的稳定就是，如果公民对政府不满，你可以向政府说出来，只要你有道理，政府就改正；如果你没有道理，或者违法对抗政府，我就按照国家的有关法律制度，该怎么处理就怎么处理，哪怕你闹得很凶。总之，动态的稳定就是，只要不违法，公民有什么不满就可以说，可以申诉，甚至说一些使政府不高兴的话，做一些使政府不高兴的事，如上访啦，发发牢骚啦，说一些情绪比较激动的话。政府根据公民的合理要求，对政策和制度进行及时的调整，这样就把原来的平衡给打破了，建立了新的平衡。我讲的动态平衡是一种过程中的平衡，这对执政能力是一个挑战。过去维持稳定的办法对政府官员来说比较简单，现在就不一样了，政府也要跟公民谈判，政府也要妥协，要满足公民的要求，要进行体制改革。这就是执政为民，执政为民就应当是这样。如果政府的政策真正是为老百姓服务的，就要不怕麻烦。所以，动态稳定对政府是一个现实的考验，我觉得大概真正的稳定也只能是动态的稳定，那种传统稳定的时代已经过去了。我们的经济发展要软着陆，政治发展更要软着陆。这么大一个国家，如果政治震荡，出现了不可预期的社会大冲突，对谁有损害啊？对整个民族、对每一个人、对谁都没有好处！所以，我们要构建一个和谐社会。

我认为，我们在社会和谐方面正面临着五个方面的挑战：第一，社会利益分配在城乡之间、地区之间和个人之间出现分化，不同的利益群体开始形成；第二，在中国目前特殊的社会政治现实条件下集中反映社会利益冲突的信访数量呈现出上升的趋势，特别是群体性上访事件的年均增速近年来更是达到了惊人的程度；第三，公民对政府的不满甚至抵制，在一些地区和部门相当严重；第四，社会利益群体之间开始产生严重的不信任和不合作；第五，刑事犯罪率持续上升，人们日益明显地感到安全感的缺乏。

如果没有社会公平，社会和谐是没有基础的，如果政府和公民没有合作，和谐社会是根本没有希望的。如果政府和公民对着干，社会就没有和谐，所以政府要和公民合作，即要实现善治。我们古人的政治理想是仁政和善政，用英语说是 good government，这主要是讲政府自己要好；而善治 good governance，是整个社会治理状况要好，其前提就是政府要和公民合作。什么是和谐社会？从现代民主治理的角度看，我认为，和谐社会主要有八个方面的含义：和谐社会是一个理想的社会、多元的社会、合作和宽容的社会、民主和善治的社会、秩序和法治的社会、公平的社会、诚信的社会、可持续发展的社会。

记者：胡温实行亲民政策以后，有人说："他们上面是清官、是好的，我们是贪官、昏官。"实际上在某些方面，中央和地方关系是很对立的。您如何看待？

俞：你刚刚提到党中央亲民形象很突出，下面基层的官员感到压力很大，甚至有些不满。有些压力是可以理解的，有些不满多少使人有些费解。事实上，亲民政策对真正为老百姓服务的政治家来说，是一个必然的要求。一个人民的政权，官员当然应当亲民。为什么一些基层官员会生误解呢？我觉得，他们可能是认为亲民是不是就不要法律了，或者不重视法治了。其实，亲民是一种精神，法治是一种治国的方略，它们不是一个层面的东西，不但不矛盾，而且应当是一致的。并不是什么时候中央领导批示一下，法律就不要了。所以，亲民政策不但不与法治矛盾，而且它本身就应当体现在法治之中。第二个原因可能是，一些地方干部觉得很难做到这样，认为整天去访问老百姓，就很难做工作。我认为，中央提倡的亲民是一种精神，从中央到地方各级政府的官员应该切实关心老百姓的利益。亲民政策，重要的是要体现到各种法律政策制度中，体现到政府行为中，而不是说每个政府官员要整天往老百姓家里跑，那反而是扰民了。亲民最主要的是要体现到政策、制度里面去，真正落实到自己的执政行为中。不过应当看到，中央与地方关系中存在的某些现象，从深层反映出了我们的政治认同，尤其是公民对政府的政治认同，出现了一些问题。这一点确实要引起高度的警觉。

记者：有人说，中国应该从传统社会转向公民社会。对此，您有何评价？

俞：这也是我非常关注的问题。在市场经济条件下，多个利益主体并存，国家不可能把所有事务都管理起来，而这样做既不现实，也没必要。我们现在倡导政府要降低成本，轻装前进。政府要从一些原先由它管理的领域中退出来。那么，当政府不去管理时，谁来管理这些必须管理的领域呢？让老百姓和社会去管。如果政府从管理中退出来了，但没有人去进行必要的管理，那就乱套了。所以，公民社会是市场经济发展的客观要求。此外，民主政治也必然要求一个健全的公民社会。从某种意义上说，现代的公民社会是民主政治的基础，民主不是政府替公民做主，而是让公民自己参与政治生活。公民社会是公民进行政治参与的重要依托，公民社会通过各种民间团体，将分散的公民组织起来，实现公民有效而又有序的政治参与。

从以上两个方面可以看到，公民社会在中国的崛起，是随着市场经济和民主政治的发展而必然要发生的过程，对此政府应当采取积极的态度。

前面我说过，在全球化背景下我们要实现的理想政治状态是善治（good governance）。所谓善治，其实质就是国家与公民社会的良好合作，是两者的最佳关系。国家要实现善治，首先要有一个健全的公民社会，没有公民社会，就不可能有善治，最多只有善政。中国的公民社会还刚刚开始发育，还很不成熟，其作用也十分有限，并且深深地带有自己的特色。我们不能完全用西方的标准来衡量，而若按照典型的西方标准，目前的中国几乎没有公民社会。西方的东西要借鉴，政治学的公理实际上是一样的，但中国政治确实会有中国自己的特色。公民社会也一样，公民社会随着市场经济而兴起，并且对民主政治日益产生影响，这是普遍性。但是在中国，公民社会有什么特征，它怎么样兴起，如何发挥作用，它的制度环境又是什么，政府应当采取什么样的政策，所有这些问题都值得进一步研究。

记者：你在电视上说过："民主是个好东西。"

俞：民主肯定是个好东西，这是对一个国家和民族的整体而言的，是对执政为民的政府和政党而言的。但对自私自利的和短视的官员而言，民主不仅不是一个好东西，还是一个比较麻烦的东西。所以，一个伟大的政治家，一定要站在国家、民族和全体人民的角度来看待民主，民主可能要付出一些重大的代价，但它绝对是国家和民族的长远利益所在。民主也是近代以来世界各国政治发展的普遍趋势，是不可阻挡的潮流。但实现民主需要现实的条件，它是一个增量的进步过程，必须采取极其审慎的策略，否则，效果会适得其反。所以，推进民主政治，既需要极大的勇气，也需要极高的智慧。

原载《大公报》2005 年 3 月 14 日

记者　蒋兆勇　孙　志

"北京共识"还是"中国模式"

　　2004年5月7日，美国高盛公司高级顾问、清华大学教授乔舒亚·库珀·雷默在伦敦《金融时报》上提出了"北京共识"。同年5月11日，英国外交政策研究中心全文发表了他撰写的题为《北京共识》的报告。"北京共识"的提出在国内外学术界引起了较大的反响。那么，"北京共识"讨论的背景是什么？其实质和意义是什么？中国学者对"北京共识"持有一种什么样的立场？对于其研究应注意哪些问题？为此，《当代世界与社会主义》记者庄俊举特地采访了中央编译局比较政治与经济研究中心主任俞可平教授。

　　记者：近些年，随着中国经济的稳步快速增长，国内外学术界对"中国模式"的讨论日趋激烈。您能给我们介绍一下这方面的情况吗？

　　俞：近年来，关于"中国模式"的讨论得到了格外的关注。仅以 2005 年 5 月为例，美国的《国际先驱论坛报》刊登了一篇题为《中国将以自己的方式改变》的文章，称赞中国果断明智地以循序渐进的方式推进政治改革。英国《卫报》在《中国解决亿万人民温饱问题的经验》一文中认为，中国的崛起为其他国家提供了除西方发展模式之外的一个强有力的选择。墨西哥《每日报》在题为《中国：亚洲的地平线》的文章中，认为中国奇迹是依照自身情况理智制定社会经济政策的结果。《香港经济日报》在《"北京共识"：发展中国家的上位模式》一文中指出，"北京共识" 的核心是按照国情，走自己的路。英国《金融时报》认为，"北京共识" 是帮助中国实现和平崛起的工具，它吸引追随者的速度，几乎与美国模式速度一样快。而海外学者对于 "中国模式" 的国际含义最为系统的阐述则数美国高盛公司高级顾问乔舒亚·库珀·雷默，2004 年 5 月 7 日他在伦敦《金融时报》上首次使用了 "北京共识" 的概念。同年 5 月 11 日，英国外交政策研究中心全文发表了他撰写的题为《北京共识》的报告。

记者：那么，关于 "北京模式" 或 "中国模式" 讨论的背景是什么？为何它日益受到世人的关注？我们应该如何理解 "北京共识"？

俞：雷默发表 "北京共识" 的报告后，在国内外产生了很大的反响，雷默本人也因此引起人们的关注。2005 年 7 月，他曾经来信约见我，因我当时在外地，所以无缘面谈。他在信中告诉我，目前他正在美国的布鲁金斯学会筹建一个中国研究中心。雷默的"北京共识"之所以产生反响，我想主要原因有四个方面。其一，20世纪晚期，拉美的经济危机、东亚的金融危机和俄罗斯休克疗法的失败，都与新自由主义的经济政策直接相关，而新自由主义正是"华盛顿共识"的基础，它们表明了"华盛顿共识"的局限和失效。其二，与此形成鲜明的对照，中国奉行自己独特的现代化战略和改革开放政策。国民生产总值在过去20多年中年均增长率在9%以上，创造了经济高速增长的奇迹。中国成功的发展战略必然会引起人们的关注，也必然会有人从理论上加以概括和总结。其三，在全球化背景下实现现代化，对于广大的发展中国家来说其实是一个新的课题，它们都在努力探索新的发展模式。而所谓的"东亚模式"和"拉美模式"的失效，使得它们加倍关注中国的成功经验，希望从中找到适合它们自己的东西。其四，在经济全球化的背景下，中国作为一个大国，其强大和崛起，势必会对全球的政治经济格局甚至对世界历史的发展进程产生深刻的影响，因而中国的发展战略和发展模式也必然会引起西方发达国家的深切关注。

记者：您认为"北京共识"的实质和意义是什么？

俞：我自己更喜欢用"中国模式"的提法，不过所谓的"北京共识"可能更容易吸引人们的眼球，因为它与早已声名远扬的"华盛顿共识"相对应。简单地说，"中国模式"或"北京共识"实质上就是中国作为一个发展中国家在全球化背景下实现社会现代化的一种战略选择，它是中国在改革开放过程中逐渐发展起来的一整套应对全球化挑战的发展战略和治理模式。中国从 20 世纪 80 年代开始，就提出了建设"具有中国特色的社会主义现代化"的目标。"中国特色的社会主义现代化"，实际上就是在全球化背景下实现国家现代化的一种战略选择。在这 25 年的探索和实践过程中，中国政府为了应对全球化的挑战，既取得了弥足珍贵的经验，也付出了沉痛的代价。无论是成功的经验，还是惨痛的教训，都是十分宝贵的财富，对于广大的发展中国家如何迎接全球化的挑战，利用自身的优势实现国家的现代化，都有着重要的借鉴意义。

记者：作为一位长期研究国内政治的著名学者，您对"中国模式"是如何理解的呢？能谈谈您心目中的"中国模式"吗？

俞：我想从成功的经验和深刻的教训两个方面来谈论"中国模式"。

作为成功的经验，"中国模式"具有以下这些特征。

在全球化时代，国内的改革与对外部世界的开放，是一个硬币的两面。没有对外开放，就不可能有真正的国内改革；而彻底的国内改革，必然要求全面的对外开放。对于发展中国家来说，不仅需要跨国公司和外国的雄厚资本和先进科技，更需要它们先进的管理制度和思想观念。国内政治经济的改革，在很大程度上说，就是向发达国家学习先进的观念、科技、文化和制度。对外开放，既是一个资金和技术的引入过程，更是一个学习先进观念和制度的过程。

发展中国家应当根据自己的国情，积极主动地参与全球化进程，同时始终保持自己的特色和自主性。全球化对民族国家的发展既有利亦有弊，究竟是利大还是弊大，取决于发展中国家的战略选择。发展中国家并不必然是全球化的输家，而发达国家也未必是全球化的赢家。其实，全球化不仅对于发展中国家是一把双刃剑，对于发达国家也同样如此。发展中国家在应对全球化挑战时也拥有自身的优势，只要政府应对得当，就可以成为全球化的赢家；反之，发达国家也有其自身的劣势，如果应对不当，同样可能成为全球化的输家。在这里，成功的关键在于将自身的优势与全球化的优势很好地结合起来。

正确处理改革、发展与稳定的关系。稳定是发展的前提，没有稳定就无从发展。但只有发展才能带来真正的稳定，而惟有改革才能推动发展。所以，改革、发展、稳定之间存在着一种辩证的关系，不能求其一而舍其他。对于像中国这样的发展中国家来说，一条比较实用的策略是，先稳定后发展，以发展促稳定，以改革促发展，实现改革、发展与稳定之间的协调和平衡。

坚持市场导向的经济改革，同时辅之以强有力的政府调控。市场经济的逻辑力量在于资源的合理配置，它已经成为全球的抽象。因此，经济改革必须坚持市场导向。但是，市场绝不是万能的，市场失效的情况在发展中国家甚至比在发达国家更容易发生。因而，公共部门同样要在资源的合理配置中发挥重要作用，政府强有力的宏观调控是克服市场失效的必要手段。对于发展中国家来说，一个强有力的政府是必需的。市场经济并不必然排斥强政府，这里的问题不在于要强政府还是弱政府,而在于它在何时何地应当强大或弱化。

推行增量的经济与政治改革,以渐进改革为主要的发展策略,同时进行必要的突破性改革。为了避免剧烈的社会动荡,适应全球化挑战的改革必须十分审慎。一方面,由于改革的复杂性,简单的休克疗法不足为训,而应当采取渐进的改革策略,努力实现经济转型和政治发展的软着陆;另一方面,政治经济改革并不只是一味地缓慢进行,该突破时必须果断地突破,纵使有局部的和短暂的震荡,也在所不惜。无论是经济改革还是政治改革,一个基本的原则是,必须从总量上增加大多数人的经济和政治利益,使多数人从改革中得到好处。

记者:您在上面指出,"中国模式"不仅包括成功的经验,也包括深刻的教训。在您看来,有哪些东西是可以作为"中国模式"中的教训供其他国家引以为鉴的呢?

俞:我一直认为,一种完整意义上的发展模式,决不只有成功的经验,也必然有其沉痛的教训。根据这样的思路,我认为,作为以高昂的代价换来的教训,"中国模式"的以下战略选择也同样值得高度重视。

以经济发展为核心,追求社会和自然的协调发展和可持续发展。社会发展首先是经济发展,只有经济的迅速增长,才能增强国家的综合国力,提高人民的生活水平。但不能把经济发展等同于社会发展,更不能将发展简单地等同于 GDP 的增长。发展是一个综合性的社会目标,全球化背景下的现代化是一个社会全面发展和可持续发展的过程。经济发展必须与环境保护、生态平衡、人口增长、国民素质、社会安定、文化教育等相协调，最终促进人、社会和自然之间的和谐发展。

必须把效率和公平放在同等重要的地位，追求人与人、地区与地区、城市与乡村之间的平衡发展。效率和公平都是发展所要追求的价值，从根本上说两者不可偏颇。在改革初期，为了打破绝对平均主义的传统，奉行"效率优先兼顾公平"的策略有其合理性。但是，当发展到一定程度时政府必须及时调整策略，将效率与平等放在同等地位，对弱势群体和落后地区实行必要的政策性倾斜，避免财富和权利在人与人之间造成分化，避免地区之间、城乡之间社会经济发展出现新的不平衡。

在全面推行经济改革和社会改革的同时，适时进行以民主治理和善政为目标的政府自身改革和治理改革。全球化背景下的现代化过程，也是一个民主化的过程。民主作为一种普遍的人类价值，主要不是发展的手段，而是发展的目标。民主本身就是一种基本价值，正像福利是一种基本价值一样。政府不仅担负着领导经济发展的责任，也担负着领导旨在深化民主的政治发展重任。如果说善治是全球化时代的理想政治发展目标，那么，善政便是达到善治的关键。政府既要推动以法治、参与、人权、透明、稳定为目标的全社会的民主治理，也要推动以分权、效率、责任和服务为目标的自身的民主治理。政府要担负起在全球化时代实现现代化的重任，自身首先应当成为民主的表率和创新的表率。

国家对公民承担的责任更加重大。全球化在某些方面确实削弱了传统的国家主权，但在另一些方面却加强了国家的权力。在全球化时代，公民的风险不是减少而是明显地增大，公民的权利要求不是削弱而是增强了。政府的能力不仅体现在促进经济发展方面，还日益体现在维护和增进公民的社会政治权利方面。在保持经济增长的同时，政府必须有更强的能力保护并且增进公民在安全、人权、福利、参与、就业等方面的权益。对于发展中国家来说，虽然全球化对传统国家主权的严重挑战正在成为现实，但国家主权和国家权力，仍然是保护公民权利的最重要保障。

政府与公民社会的良好合作、公共部门与私人部门的良好合作，是善治的实质所在。市场经济必然导致公民社会的产生，全球化和民主化则要求一个健全的公民社会。政府对公民社会应当采取鼓励和合作的态度，而不是敌视或轻视的态度。政府应当积极地培育和扶持公民社会组织，为民间组织的成长创造一个良好的政治和法律环境。政府应当让民间组织在社会管理中发挥更大的作用，使民间组织也成为治理和自治的主体。公共部门和私人部门都是平等的法律主体，它们对社会的进步承担着同样的责任，公共部门应当增强与私人部门的合作与交流，充分发挥私人部门在社会治理中的作用。在全球化时代，民间组织和私人部门也是全球化进程的主体，政府和公共部门应当创造有利条件让它们更多地参与国际合作与交流。

记者：雷默在报告第三部分提出了"中国特征的全球化"概念。其核心观点是，中国竭力希望"控制和管理自己在全球化世界的未来"。他注意到，20世纪后期以来，人们对全球化进程普遍担心，在全球化的同时本土化也在加强，全球化和本土化概括了世界与中国复杂的当代关系。"北京共识"正是在这个过程中诞生的。您曾经主编过全球化系列丛书，在这个领域的研究有很深的造诣。那么，您是如何看待雷默的这一观点的？

俞：全球化是我们这一时代的主要特征。在这样一种背景下实现国家的现代化，能否获得成功的一个关键性因素就是如何处理全球化与民族化、普遍化与特殊化的关系，国家的能力在很大程度上也直接体现为控制和管理全球化的能力。在谈到全球化问题时，常常可以听到这样一种观点，即认为全球化就是东西方的趋同，是人类走向大同世界，是经济社会的一体化和同质化。由此产生出两种极不相同的全球化对策：一种认为应当舍弃一切去寻求全球的同一性；另一种则认为应当以自己的传统特色去抵御全球的趋同倾向。这种把全球化仅仅视为一体化和同质化过程的观点，从根本上说是片面的和不适当的，缺乏对全球化过程的辩证性质的认识，由此得出的结论就很可能是错误的，甚至是有害的。全球化过程本质上是一个内在地充满矛盾的过程。它是一个矛盾的统一体：既包含有一体化的趋势，同时又含有分裂化的倾向；既有单一化，又有多样化；既是集中化，又是分散化；既是国际化，又是本土化。全球化是民族化与国际化的统一。对于目前中国的特定发展背景而言，全球化意味着现代化加中国化，或者说，是现时代的中国式现代化。因此，要真正保持我们的民族特色和弘扬我们的民族文化，就必须积极参与全球化进程，这是实现中华振兴的必由之路。反之，越是发扬我们的本土优势和民族特色，就越能掌握全球化进程中的主动权。这听起来有点自相矛盾，其实，全球化就是一个矛盾和悖论，但它是合理的和现实的。因此，我常常把全球化称为一个合理的悖论。

记者：一般认为，在东亚国家，政府在现代化进程中所起的作用特别重要。那么，在您看来，东亚国家的政府在全球化进程中所起的作用是否同样重要？这些年，您一直在主持研究"中国地方政府改革与创新"的大型项目，并且担任了联合国政府创新的咨询专家。您能否谈谈中国政府在驾驭全球化方面有什么特殊之处？

俞：确实如你所说，由于历史文化的原因，比起西方国家来，在亚洲国家，特别是在东亚国家，政府的作用显得格外重要。人们常说，东亚的市场经济是一种政府主导的市场经济，东亚的现代化是政府主导的现代化，甚至东亚国家的公民社会也是政府主导的公民社会。这种现象在中国也十分明显。一般认为，中国是全球化的最大赢家之一，如果要从"国家－社会"或"政府－市场"的视角来分析中国成功应对全球化挑战的原因，我想最主要的恰恰就是因势利导地利用了政府的主导性作用。中国之所以成为全球化的最大赢家之一，一个关键的因素是政府拥有较强的驾驭全球化的能力。这一能力得益于以下这些应对全球化挑战所采取的措施。

对全球化进程有十分清醒的认识和预见，从而选择了主动、积极而又独立的全球化战略。当不少中国学者还在怀疑全球化是不是一个客观进程、是利大还是弊大、是否等同于西化或资本主义化时，中国领导人对全球化的性质和利弊迅速地作出了自己的独立判断：经济全球化是社会生产力和科技发展的客观要求和必然结果，是大势所趋。各国各地区之间经济和贸易活动不断增加，知识和技术的迅速传播，有利于促进经济要素逐步实现在全球范围的优化配置，提高经济效益。经济全球化作为一个客观进程，具有两重性。西方发达国家力图主导经济全球化，发展中国家总体上处于弱势，如果没有正确的对策就会落入更加不利的地位。正是基于对全球化的这种认识和态度，中国政府制定了积极的全球化战略。例如，加入 WTO、扩大国际合作和交往、积极参与全球治理和国际反恐行动、组建上海合作组织、推动朝鲜半岛无核化六方会谈、提出和平发展战略等等。同时，中国政府也采取了一些具体的、切实有效的步骤和措施来应对全球化挑战，诸如人才培养、制度建设、塑造良好的国内国际环境、加强对社会和市场的控制能力等。

提高政府官员的素质，及时将具有全球眼光和战略思维的知识精英选拔为公共部门的领导人，并且广泛开展以知识经济和全球化为主要内容的官员培训。目前全国共有县处级官员672531 人，其中大专以上学历的占90%，而 1981 年这个比例只有 16.4%。2003 年，中国政府在原有两所全国性高级官员培训学院的基础上，又分别在上海、江西和陕西增设了 3 所全国性高级官员培训学院，总数达到 5 所。在地方政府层面，也加大了地方官员的培训力度，目前全国县级政府以上的专门培训官员的行政学院或党校已达到 3000 多所。根据中国政府的官员培训计划，从 2001 ~ 2005 年，将培训县处级以上官员25000 人，其中省部级官员 2000 人。此外，中国政府还与国际组织和发达国家合作对高级官员进行全球化背景下的知识和技能培训。例如，中央组织部委托、国务院发展研究中心、清华大学与哈佛大学肯尼迪政府学院联合举行的高级官员培训计划就是一个成功的范例。该计划目前已进行第 2 期，主要培训厅局级以上高级公务员，第 1 期共有 59 名高级官员接受培训。这些新型的领导人才具有很强的专业能力，而且擅长国际交往和国际合作，他们成了中国政府驾驭全球化进程的骨干力量。

发展起一套灵活的、适应能力很强的制度和机制。参与全球博弈就必须遵守全球规制，但许多全球规制与中国的国内规制是冲突的。如何处理国内规制与国际规制的关系，便成为中国政府必须正视的问题。在经过反复权衡利弊得失后，中国领导人作出了有时可能是痛苦的但却是正确的抉择：尽可能地与国际接轨，使国内规制适应国际规制，立即修改与国际规制不相符合的国内规制。因此，中国政府突破传统的禁区，广泛地签署了包括政治权利、国际安全、世界贸易、环境保护等在内的一系列全球协定，并且根据这些国际协定及时修正国内的相关法规。以中国加入 WTO 为例，中国领导人明确表态：与世界贸易组织规则和中国的承诺不一致的，要通过修改使其一致；不符合世界贸易组织规则和中国承诺的，要加以废除；没有相关法规的，要制定相应的新法规。在加入 WTO 的谈判中及加入后，中国政府根据世界贸易组织的要求和自己所作的承诺，仅在 2002 年，国务院近 30 个部门共清理相关法律文件约 2300 件，废除和修订近一半的法规条例。各省、市、自治区废止、修订的各种地方性法规更多达 10 多万件。

积极谋求国际合作，营造有利的国际环境。中国的发展需要一个和平的国际环境，在全球化时代尤其如此。为了适应全球化的挑战，中国政府提出了"和平发展"的国际战略。这一战略的要点是，在坚持独立自主、和平共处的外交原则基础上，遵循"和而不同"的指导思想，寻求以"互信、互利、平等、协作"为核心的新安全观，推动全球的民主治理，更加积极主动地发展全方位的国际合作，在和平与合作中发展自己，惠及对方。根据这一战略方针，中国政府超越意识形态的分歧，广泛地与各国在政治、经济和文化等领域发展双边和多边关系，仅在1998～2002年的5年中，就签署了双边条约和多边条约1056个。同时，中国鼓励地方政府和民间的对外交往。2002年，外国公民入境数达1344万人次，中国公民出境数达1630万人次。过去5年中，出入境人数年均增长10%以上。到2002年，中国共有296个城市与境外847个城市确立了友好伙伴关系。

拥有一个相对稳定的国内社会政治环境。全球化增加了国内的经济和政治风险，全球化时代从一定意义上说也是一个风险社会的时代。在这样一种背景下，维持国内的社会政治稳定对于实现小康社会和千年发展目标具有特别重要的意义。经过多次国内动乱的中国政府对此有十分清醒的认识和深切的感受，因此从邓小平到江泽民再到胡锦涛等几代领导人，都奉行"稳定压倒一切"的政治信条。在进行经济和政治改革时，贯彻一条增量的、渐进的原则，力图在经济和政治两个领域都能"软着陆"。

政府对社会和市场拥有很强的宏观调控能力。中国的市场经济实际上是一种政府调控的市场经济，政府对市场拥有强大的调控手段和调控能力。政府通过产业政策、投资政策、财政

政策、货币政策、税收政策、银行政策、土地政策、出口政策
等，对宏观经济实施强有力的调节；同时，采取法律的强制手
段消除市场经济的障碍，规范市场经济行为，从而确保国民经
济的总体稳定。在国内，中国政府先后治理了上个世纪 80 年
代和 90 年代多次经济过热，今年的宏观调控又取得了明显的
效果。在抵御外部经济风险和压力方面，中国政府成功地避免
了 20 世纪 90 年代的亚洲金融危机，并且在最近坚强地抗拒了
人民币升值的巨大外部压力。在社会控制力方面，最好的例子
是中国政府成功战胜 2003 年席卷全国的 SARS 病疫。中国政
府不仅有效地控制了 SARS，而且继续保持了经济的快速增长。

记者：在国际舆论的视野里，中国已经是一个发展路径具
有普世性的国家。中国的经验或中国模式被接受为一种软力
量，从而对国际社会产生吸引力。我们应如何看待加强对
"北京共识"的研究与提高中国软实力之间的关系？

俞：想方设法增强综合国力，提高中国的国际竞争力。这
是强国之本，也是维护国家主权的根本途径。综合国力的竞
争，是全球化时代国家间竞争的根本所在。确实，综合国力有
多方面的内涵。简单地说，可以把它分成两个方面，即所谓的
硬实力和软实力。提高硬实力，就是促进经济的发展，增加国
家的经济总量，提高人民的生活水平，巩固国防力量，这是增
强综合国力的基本途径。但是，在全球化时代，国家的软实力
也变得日益重要，如国民的文化、教育、心理和身体素质，国
家的科学技术水平，民族文化的优越性和先进性，国家的人才

资源和战略人才储备情况，政府的合法性与凝聚力，社会的团结和稳定程度，经济和社会发展的可持续性等等。我们应当清楚地认识到，在全球化时代，要有效地维护国家的主权，增强国家的实力，仅有经济的和军事的力量是远远不够的，还必须有政治的、文化的和道义的力量。这里也包括中国的发展经验和发展模式。这是中国对人类发展的贡献，除非有明显的偏见，否则，无论如何也不能将"中国模式"与"中国威胁"联系在一起。

记者：近些年来，在国际政治经济领域，随着全球化对人类社会影响的日益增大，全球治理的呼声变得越来越强。根据您所理解的"中国模式"，您觉得中国应当采取一种什么样的策略？

俞：对全球治理至今并没有一致的、明确的定义，类似的概念还有"世界政治的治理"、"国际治理"、"世界范围的治理"、"国际秩序的治理"和"全球秩序的治理"等。大体上说，所谓全球治理，指的是通过具有约束力的国际规制（regimes）解决全球性的冲突、生态、人权、移民、毒品、走私、传染病等问题，以维持正常的国际政治经济秩序。全球治理的要素主要有以下 5 个：全球治理的价值、全球治理的规制、全球治理的主体或基本单元、全球治理的对象或客体以及全球治理的结果。一些学者把这些要素分解成 5 个问题：为什么治理？依靠什么治理或如何治理？谁治理？治理什么？治理得怎样？我认为，继续加大对外开放，主动参与全球治理，并在全球治理中发挥更加重要的作用，这是"中国模式"的重要内容。国家主权的结构和功能在全球化挑战下的变迁过程，实际上是国内政治权力和国际政治权力的重构过程。正像全球化过程一样，国家主权的重构过程对于民族国家来说，也是一把双刃剑。应对失策，国家主权就将受到损害，而应对得当，国家主权就会更加巩固。采取积极主动的态度与国际社会合作，参与国际政治经济秩序的重构，特别是参与国际规则的制定，在全球治理中发挥更加重要的作用，是维护中国国家利益和捍卫国家主权的正确选择。全球治理已经是国际社会的一种实际需要，是目前惟一可以抗衡单边主义、霸权主义和新帝国主义的现实选择。倡导一种民主的、公正的、透明的和平等的全球治理，是国际社会的道义力量所在。中国作为一个发展中的大国，应当在全球治理中主动肩负更多的道义责任。

记者：印度社会学家拉姆戈帕尔·阿加瓦拉最近说："中国的成功试验应该是人类历史上最令人钦佩的。其他国家应该尊重她并向她学习。中国有时似乎还相信西方的宣传，并将其成功归功于西方的方式。但实际上，中国有自己的道路，值得研究。"他这句话给我们的印象是我们对自己的模式研究的程度不够，是否真的如此呢？

俞：每一个国家的学者，都会以极大的精力去研究本国的发展道路和发展战略，中国也不例外。改革开放以来的所有实践，归根结底，就是奔向中国特色的社会主义现代化。对此，国内学者已经作了大量的研究，并且取得了许多重要成果。对中国特色社会主义现代化的研究，也就是对"中国模式"的研究。但是，毋庸讳言，我们的研究还很不够，在有些方面甚至可能还比不上国外的同行。我们的分析框架、研究方法和概念范畴需要创新，研究的视野需要拓宽，与国外学者的对话需要加强。随着中国政治经济实力和国际影响的增强，重大的国际政治经济事务，没有中国的积极参与，显然已经行不通。中国学者也应当有这样一种责任感，即在重大的国际学术事务中，没有中国学者的声音也不行。

原载《当代世界与社会主义》2005 年第 5 期

记者　庄俊举

在反思中深化改革

记者：有人说，2005 年原定为"改革攻坚年"，结果成了"改革反思年"，而"反思改革"在相当程度上即是"反对改革"。您同意这种看法吗？

俞：近一段时间来，理论界就如何看待改革 20 多年的成败得失、如何总结改革的经验和教训、如何克服目前的困难、如何使更多的人从改革中受益等问题进行热烈的讨论，专家学者和理论家们纷纷发表了各自的看法，有些观点分歧很大，甚至针锋相对。据此，有人认为，2005 年原定为"改革攻坚年"，结果成为"改革反思年"，而"反思改革"在相当程度上就是"停止改革"，甚或"反对改革"。我认为，这种看法是片面的。一般而言，反思改革不是件坏事。我不怀疑确实有个别人欲借反思改革之名行否定改革之实，但毕竟这样的"反思"没有代表性。平心而论，对以往的改革得失进行认真的反思，这正是改革进程所不可或缺的一个环节，是进一步深化改革，坚定地推进改革的必要理论准备。对改革进行深入的反思、讨论，甚至争论，不是一件坏事，而是一件好事。正如温家宝总理在答中外记者问时所说的那样："思所以危则安，思所以乱则治，思所以亡则存。"对改革的认真反思，可以使人们更加清楚地认识到：改革的经验和教训何在？改革的困难和阻力何在？改革深化的动力和重点何在？从而使改革少走弯路，使改革的成果更多地惠及全体中国人民。

记者：鉴于对改革存在许多分歧，有些观点甚至正相对立，因而有人指出：对改革的共识已经碎裂。您认为我们依然还存在着改革共识吗？

俞：改革的共识依然存在！由于在一部分人中间对改革的得失以及造成得失的原因、解决社会政治经济问题的出路，存在着严重的分歧，因此，有人指出：目前我们对改革已经缺乏基本的共识，20多年前那种对改革的高度共识已经不复存在。我不同意这种判断。对改革的争论和分歧，表明我们确实需要进一步凝聚改革共识，但它并不表示社会对改革已经失去基本的共识。这里有一个如何理解共识的问题。共识并不是每一个人都有共同的看法，那是不可能的事。共识是指多数人普遍类似的态度，它并不排斥少数人的不同态度。我们说民主政治是一种"共识政治"，就是指它遵循"尊重多数，保护少数"的基本原则，即民主政治建立在多数同意之上，但它不排斥并且包容少数人的不同意见。如果按照这样的逻辑来理解目前社会各界对改革的各种态度，我认为从总体上看，我们对改革有着基本的共识。

记者：您肯定我们仍然有着改革共识。您能谈谈您所理解的改革共识是什么？或者说，在您看来，社会上有哪些对改革的基本共识吗？

俞：我认为，下面这几个判断应当是多数人对改革的基本共识。

1. 改革取得了巨大成就，大家都是改革的受益者

改革开放的过程，是中国社会整体进步的过程。改革开放20多年来，中国社会发生了翻天覆地的变化，不仅在经济领域创造了世界经济史上的奇迹，而且在政治和文化领域也发生了深刻的变化。改革使全体公民大大地增加了经济权益、政治权益和文化权益。中华民族正在经历历史上最深刻的变迁，这种变迁是一个不可逆转的进步过程。中国的综合国力得到了前所未有的增强，中国正在作为一个新兴的现代化强国崛起于世界民族之林。不仅如此，更重要的是，改革带来的财富的迅速增长，极大地提高了广大人民的生活水平。可以说，改革开放使绝大多数人都享受到了实实在在的收益，即使是目前社会上的困难群体和弱势群体，如农村的贫困农民和城市的下岗失业工人，从利益总量看，其各种物质的和精神的收益也有了明显的增长。在我看来，这是一个基本的事实。如果不认定这样一个事实，那就缺乏共同讨论的基础。

当然，社会各阶层、各地区和各群体从改革开放中获益的程度极不相同，从而形成了不同的利益群体，并最终形成了若干"相对利益受损的群体"。为了打破传统的绝对平均主义的分配体制，改革开放初期我们选择了一条正确的策略：允许一部分人、一部分地区先富起来，最后实现共同富裕。同时，在

公平与效率的关系上，选择了"效率优先，兼顾公平"的发展次序。事实证明，在改革的初期，这些改革策略是正确的。但是，随着物质财富的增长和改革的深入，我们必须对这些策略进行及时的调整。现在，我们已经到了必须更多地注重社会公平、更多地注重共同富裕的发展阶段。如果不及时地从制度上进行调整，不把社会公平和共同富裕当作深化改革的重点目标，那么，从改革中获益较少的群体与获益较多的群体之间的差距将会日益扩大，并最终形成一个利益相对受损群体，会有更多的人将从最初的改革受益者，成为改革的最终受害者。

2. 改革不可逆转，这是改革的深刻性所在

改革过程中出现的问题，只能通过进一步的改革才能解决。目前社会上存在的突出问题，如腐败现象严重、社会治安不好、看病难、上学难、上访多、失业多等，以及在征地、拆迁、企业转制、住房改革中存在的诸多问题，基本上都是改革进程的产物。它们由改革引发，也只能通过深化改革来解决。那种以为回到改革前的传统体制就能解决这些问题的想法是十分幼稚的。因为回到改革前，既是不可能的，也是不可取的。人们常说，改革恰似一把开弓箭，箭出了弦就没有回头路。我们说，改革开放的过程，是一个深刻的社会变化过程。变革的深刻性，主要体现在它的不可逆转性。进而言之，即使在改革进程中已经开始形成一个相对的利益受损群体，并且这个群体的数量正在扩张，但是，与改革前的境况相比，他们的利益总量从绝对值上讲也是明显地增加了。退回到改革前的体制，对于绝大多数工人和农民来说，不是利益的增加，而是利益的更大损失。最大限度地增多那些困难群体和弱势群体的利益，惟

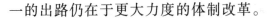

一的出路仍在于更大力度的体制改革。

3. 改革的瓶颈已经位移，改革的难度增大

中国的发展进入了新的阶段，改革开放需要新的战略。中国改革遵循的是一条从经济到政治、从农村到城市、从基层到上层、从容易到困难的战略路线。现在，改革开放第一阶段的战略任务已经大体完成，而新的发展和改革瓶颈则开始形成。例如，从国内看，财富获得了极大的增长，而公平问题则日益突出；经济体制实现了彻底的转型，而政治体制改革则明显滞后；人们的经济需求得到了基本满足，而政治需求则日益强烈；许多人的小康愿望已经得以实现，而安全的价值则遇到了严重的挑战。从国际看，未曾想到过的贸易顺差反倒成了一个需要与相关国家认真协商的新问题。中国的国际地位大大提高了，但国际责任也增大了。国际社会对中国产生了新的期望，给我们形成了新的压力。不难看出，改革的新瓶颈集中到了决策体制、干部体制和政府体制，并且发生了从经济到政治，从外围到内核的位移。由于这些体制直接关系到业已形成的利益格局，特别是强势群体的利益格局，因此，改革将变得更加艰难。说改革进入攻坚阶段，绝非一句套话。

记者：您刚才提到了改革变得更加艰难。那么，您认为目前我们深化改革的难点究竟在哪里？

俞：我认为，深化改革难就难在如何平衡一些我们已经接受的基本价值：既要继续保持高速的经济发展，又要推进民主政治和社会公平；既要保持物质财富的增长，又要维护生态环境的平衡；既要推进改革发展，又要维护社会稳定；既要保护利益和需要的多样性，又要提高政治权威的集中程度；既不能明显降低改革受益较大的既得利益群体的利益，又要迅速增加改革受益较少的困难群体和弱势群体的利益，等等。在改革的早期阶段，改革的难点是如何让这些新的价值为社会所接受，并且有选择地重点实现其中的某些价值。现在，这些价值已被广为接受，并且这些价值的实现程度已经有明显的差别。现在的问题是，如何全面实现这些价值，整体性地推动社会的进步，避免其中的一些价值过分压倒另一些价值。改革价值的平衡势必涉及到利益分配机制的调整。简言之，改革的重点已经由先前以增加利益总量为主，转变为既要继续增加利益总量，又要特别注重利益的公正分配。众所周知，一涉及利益格局的调整，阻力和难度就会陡然增大。这对于改革的领导者来说，是一种新的严峻挑战：不仅需要突破性改革的勇气，更需要深化改革的技巧。

记者：大家都谈到了要深化改革，但深化改革首先必须清楚。我们的下一步要往哪里走？您觉得我们的未来改革应当朝什么方向发展？

俞：更加注重社会公平，是改革向前发展的正确方向。社会公平是衡量社会全面进步的基本标准之一，也是社会主义的基本价值之一。社会公平的实现程度，直接关系到改革的性质，关系到改革的成果能否最大限度地惠及全体中国人民。社会公平就是社会的政治利益、经济利益和其他利益在全体社会成员之间合理而平等的分配，它意味着权利的平等、分配的合理、机会的均等和司法的公正。维护社会公平需要相应的物质基础，合理的收入分配是社会公平的物质基础。维护和实现社会公平首先要求通过合理的分配制度，把社会成员的收入差距控制在合适的范围内，避免收入差距的过分扩大和经济利益的两极分化。然而，社会公平的内容绝不只是合理的财富分配，它还包括公民的政治权利、社会地位、文化教育、司法待遇、社会救助、公共服务和社会福利等等。要全面维护和实现社会公平，除了缩小收入差距，扩大社会保障，使人民群众享受基本的经济公平外，还必须从法律上、制度上、政策上努力营造公平的社会环境，保证全体社会成员都能够比较平等地享有教育的权利、医疗的权利、福利的权利、工作就业的权利、劳动创造的权利、参与社会政治生活的权利和接受法律保护的权利。正是从这个意义上说，社会公平是衡量社会全面进步的重要尺度，也是衡量改革成败的重要尺度。

记者：我们正在向前推进社会主义市场经济，但按照历史的经验，市场经济主要解决效率和效益的问题，它不会自发导致社会公平。谁应当对社会公平负主要责任？怎样才能有效实现社会公平？

俞：党的十六届五中全会通过的《中央关于制定十一五规划的建议》指出，政府行政管理体制的改革，是进一步深化改革和提高对外开放水平的关键。这是一个十分重要的判断。改革发展到目前这个阶段，需要我们更加注重社会公平，更加注重利益的分配，而这恰恰是市场所无能为力的，这是政府的职责。这不是经济改革所能完成的任务，这是政治改革所要实现的任务。因为经济改革的目标，说到底就是以最小的成本取得最大的效益，而政治改革的目标，则是对经济活动产生的利益进行权威性的分配。如果说市场行为是实现效率的主要手段，那么政府行为则是实现社会公平的主要手段。我们应当清醒地认识到，市场经济决不会自发地导致社会公平，政府的干预是维护和实现社会公平的基本手段，国家的法律、制度和政策则是维护和实现社会公平的基本保障。因此，各级政府应当把维护和实现社会公平当作自己的主要任务和道义责任，统筹经济社会发展，努力做到在经济持续增长的基础上实现社会的全面进步。

记者：确实如您所说，这些年来中央对政府管理体制改革极为重视，知识界对此也有广泛的讨论。作为著名的政治学家，您对此有什么看法？

俞：对政府管理体制的改革，应当有一个正确的理解。在我看来，这里所说的政府管理体制改革，其实就是公共权力部门的改革。因为在中国现实的政治环境下，决定利益分配的公共权力机构，绝不只是政府机关。各级党的领导机关、国家公共事业部门、政府的行业管理组织，甚至工、青、妇组织等官方的群众团体和垄断性的国营企业，也在相当程度上参与了利益分配的决策。例如，在发生重大决策失误和重大责任事故的地方或部门，如果只追究行政首长的责任，而不追究实际上握有最终决策权的其他领导人的责任，那显然是有失公允的。因而，政府管理体制的改革，应当从广义上理解为整个公共部门的改革。相应地，对转变政府职能这一提法，也应当有更加宽广的理解。从改革伊始，我们就特别强调转变政府的职能，后者至今仍然被当作是政府管理体制改革的首要任务。一方面，这固然说明政府职能转变的任务还没有完成，但另一方面也说明我们对转变政府职能的认识需要深化。

在改革的目前阶段，笼统地说转变政府职能，意义已经不是很大。重要的是要通过深入而客观的调查研究，真正弄清楚：哪些政府部门的职能需要转变，需要转变哪些职能，如何转变这些部门的职能等。职能是机构的属性，转变政府职能，必须与机构改革有机地结合，否则难以达到理想的效果。在转变政府职能问题上，也同样不能狭义地理解这里所说的"政府职能"，而应当广义地理解为"公共部门的职能"。在政府管理体制改革方面，还有一个误区是，以为"政府越小越好，管得越少越好"。其实，评价一个政府的好坏，主要不在于它的大小，而在于它有否恪尽职守；评价一个政府有否履行其正当职责，也不在于它管得多或管得少，而在于它有没有管应该管的事，有没有去管不应该管的事。如果政府管了不应该管的事，不管政府规模的大小，都是对公民权利的侵夺，是严重失职；如果政府没有管应该管的事，造成公民利益的损失，无论它的规模大小如何，也都是对公民权利的侵犯，也是一种严重失职。

记者：也有一些学者对深化改革忧心忡忡，因为深化改革需要动力，但在他们看来，现在改革的动力明显不足。您对此有何评论？

俞： 我认为，担心改革动力不足没有充分依据。深化改革的动力在哪里？我想从两个方面来回答这一问题：一是哪些人想继续推动改革，二是哪些因素促进改革向前推进。

对于第一个问题，哪些人急欲推进改革？我认为有四部分人欲深化改革。首先是有责任感的党政干部。对于一个心系人民的党政官员来说，让更多的人享受到更多的改革利益是他们的责任。他们内心应当清楚，只有通过进一步的改革才能最大限度地增进公共利益，真正让改革的成果惠及全体人民。其次是改革进程中的相对利益受损者。他们虽在改革中获得了利益总量的增加，但相对于其他人而言他们的获益较小，他们心里有不平，希望通过改革缩小与其他人的收益差距。再次是新兴的社会群体，如企业家和民间组织的领导人，他们期望党和国家能为其发展提供更加有利的制度环境。最后是对社会进步有良知的知识分子。他们清醒地看到，改革所造成的利益多元化格局和利益调节机制已经在相当程度上失衡，出于道义的责任，他们对如何引导改革提出了种种评论和分析，他们对改革的呼吁和论证，为深化改革制造着舆论环境和合法性依据。

对于第二个问题，哪些因素在促使改革的深化？我认为也有三个主要因素。其一是社会发展本身的需要。市场经济向纵深发展，需要更加健全和合理的政府管理体制，也需要社会政治生活的协调发展，否则社会的发展就会失去平衡。其二是改革自身的逻辑和惯性。20多年的改革事实上已经形成了自身的"路径依赖"和强大的惯性。这也就是前面说过的"开弓没有回头箭"。停止改革或否定改革将会使社会发展的列车造成颠覆，对国家和社会带来毁灭性的破坏，对绝大多数人民群众的利益带来灾难性的损失。其三是国际竞争的压力。我们正处在全球化的时代，像中国这样对国际社会负有责任的大国，任何国内的重大体制性变革都或多或少会受到国际因素的制约，也直接或间接会对国际社会产生影响。综上所述，深化改革的动力，既来自政府，也来自民间；既有客观的需要，也有主观的愿望；既有国内的推动，又有国际的制约。在我看来，中国社会中潜藏着巨大的改革动力，担心改革动力不足是没有充分理由的。

记者：我们经常可以听到对改革的各种批评，有些甚至非常尖锐。例如，有人批评说，改革中出现了"权贵资本主义"；也有人指责说，改革"离开"了社会主义道路。你对这些批评和责难怎么看？

俞：我认为大部分对改革的评论和分析，是对改革的正常反思，即使有片面性，也有助于我们对改革的全面认识。但是，有两种关于改革的观点十分危险，必须高度警惕。一种是精英主义的改革观，另一种是民粹主义的改革观。精英主义的改革观过分强调政治精英、经济精英和知识精英对改革的推动作用，把中国未来政治经济改革的希望完全寄托在上述精英的身上，认为只要上述各类精英结成联盟，中国的稳定和发展就可以高枕无忧。因此，他们希望从体制上首先确保社会精英从改革中受益，改革的设计要有利于社会精英的获益。有人也把这种改革观称作"权贵资本主义"。与此相反，民粹主义的改革观则在"人民群众"的名义下过分夸大改革的代价和弊病。民粹主义是现代化的产物。它内在地具有深刻的反市场倾向和反现代化倾向，当社会现代化进程中出现某个薄弱环节时，如在现代化过程中发生认同危机、合法性危机、经济危机、生态危机时，它就会应运而起。作为一种社会思潮，民粹主义的基本含义是它的极端平民化倾向，即极端强调平民群众的价值和理想，把它作为所有政治运动和政治制度合法性的最终来源，以此来评判社会历史的发展。它反对精英主义，忽视或者极端否定社会精英在社会历史发展中的重要作用。社会上一些人煽动民众的仇富心态，便是民粹主义在作怪。民粹主义把民主和平等的理想绝对化，把民主主义推向极端，最终的结果不但可能背离了民主政治的初衷，而且往往走到民主主义的对立面，成为一种反民主主义。反映这两种改革观的思想和观点，在现实生活中并不少见。它们不仅与我们所倡导的社会主义和民主政治的价值目标相对立，而且对我们的改革具有很大的危害性，必须时刻提防。

记者：您在上面已经谈到了改革需要新的突破。从眼前看，您觉得我们最需要从哪些方面或哪个环节进行突破性的体制改革？

俞：胡锦涛同志最近指出，要不失时机地推进改革，切实加大改革力度，在一些重要领域和关键环节实现改革的新突破。改革需要新的突破，这也是一个共识。体制上的突破性改革，将是中国下一阶段改革的亮点和重点，当然也是难点。我认为，在目前阶段，在利益分配机制、决策（包括立法）机制、精英选拔机制和政府管理体制方面的突破性改革，将对中国未来的发展产生决定性的影响。其中，改革和完善重大事项的决策机制，建立和健全重大政策和立法的公示制度、听证制度、咨询制度、效益评估制度和责任追究制度，实质性地推动决策和立法的科学化和民主化，避免重大决策和立法的失误，防止"国家利益部门化，部门利益法制化，部门利益个人化"现象，对于眼下的改革来说，尤为紧要。

原载《21 世纪经济报道》2006 年 3 月 27 日

记者　王世玲

第三部分

政府创新与善治

政府应成为创新表率

在中国现实政治研究领域，俞可平教授可谓是成果卓著、很具实力的重量级学者。作为中国培养的第一批政治学博士之一，俞可平教授笑称他的研究主要有两种，一种是"天国的研究"，即纯学术研究，另一种是"尘世的研究"，即对现实问题的研究。游走于"天国研究"和"尘世研究"之间的他，能够凭借其扎实、深厚的学术功底，对中国现代化进程中的诸多现实问题做出颇具影响力的分析和解释。

沉湎于学术王国之中的俞可平教授很少接受媒体的采访，但为了推广其倡导并倾注了大量心血的"中国地方政府创新奖"，他开始出现在媒体面前。

2003年12月9日，俞可平教授接受了《新民周刊》驻京记者的专访。

记者：作为中国第一个民间评估政府的奖项，您为什么要特别强调"创新"而不是设立一个类似于"老黄牛"式的奖项？

俞：现在确实有这样一种说法：我们现在的一些政府连本来该做的事情都没有做好，你还要求它创新，这个要求是不是太高了？

我理解这种看法，但不同意这种观点。作为中国第一个民间评估政府的奖项，我们之所以把重点放在创新方面，首先是因为中国社会目前正处于转型之中，政府的职能、结构和制度必须要做出相应的调整，这些调整实际上就是一种创新。但在我们目前这种体制——有人称之为压力型体制下，地方干部很容易产生"你上级领导让我干什么我就干什么"的依赖思想。所以，对于地方政府的主动创新行为我们要给予特别的鼓励。

第二，这些年来中央一直强调创新，我们觉得如果政府本身不带头创新的话，那么你让别人去创新时就没有说服力。所以，我们提出政府应该成为创新的表率。

第三，政府创新是世界性的潮流和趋势。很多人一讲到政治体制改革或政府创新就以为是我们中国人特有的做法，其实不然，世界各国都在提倡政府创新。联合国在过去的 10 年中就与其他国家共同举办过 5 届"政府创新全球论坛"。2003 年 11 月，我还带着我们第一届"中国地方政府创新奖"的获奖代表参加了在墨西哥召开的第五届全球政府创新论坛。我主持了一场"低成本政府"的专题会议，获奖代表贵阳市人大的唐光族副主任还在大会上介绍了其获奖项目——贵阳市人大常委会的市民旁听制度，博得了与会代表的高度评价。

记者：您认为我们现在的地方政府有强烈的创新冲动和愿

望吗？

俞：我觉得改革开放以来中国在政治和行政改革方面的实践其实是相当活跃的，很多地方官员充满了创新的冲动，他们需要鼓励，需要与学者交流，但是这些年来我们很多有价值的地方政府创新和改革的经验没有得到很好的研究、宣传和推广。

世界银行行长沃尔芬森去年来中国，我送给他一本我们编的中英文对照的《中国地方政府创新 2002》，他回国后给我写了一封亲笔信，说这本小册子改变了他对中国的看法，从中他看到了中国和世界的希望。为什么他会有这种感受呢，因为我们用了令人信服的事实和他们看得懂的学术语言，向他们介绍了中国地方政府创新的一些令人鼓舞的进展与成就。

目前中国地方政府的创新冲动和创新行为与老百姓的愿望和要求相比确实有相当大的距离，从总体上看，创新还是少数，需要鼓励。正因为如此，我们才要设立地方政府创新奖。

记者：作为中国第一个由民间评估政府的奖项，你们在运作这个奖项的过程中一定会遇到不少阻力吧？

俞：各种各样的不理解肯定是有的。但我想强调的不是不理解，我非常高兴的是这个奖从 2000 年开始筹备到现在，虽然没有红头文件，但无论是我个人也好还是项目本身也好，没有遇到明显的干预。大多数人和大多数单位还是十分理解和宽容的，从这个事实中可以看出我们的社会在政治方面越来越进步、越来越开明、越来越宽容了。

记者：强调政府创新与推动政治体制改革是什么样的关系？

俞：政治体制改革是一个非常大的概念，它包括的内容很多，我们可以从很多层面来考虑政治体制改革的内容。我觉得政治体制至少应该包括国家制度、政府制度、政党制度、立法制度、行政制度、司法制度、决策制度、选举制度和国防制度等。政府体制只是政治体制的一个组成部分。它包括政府的机构制度，政府的政策，政府权力部门运行的机制和政府提供公共服务的措施、方法和手段。因此，政府创新和政治体制改革的关系，我觉得非常简单，也非常直接。这就是，政府体制的创新就是政治体制改革的重要内容，甚至可以说是一个基本的内容。

党的十六大和十六届三中全会都提出了政府管理体制的改革与创新问题，其实这就是政治体制改革的问题。完全可以说，政府管理体制创新本身就是一种政治体制改革。

原载《新民周刊》2003 年第 51 期

记者　曲力秋

俞可平谈中国地方政府创新，评价善治与善政

位于北京西单一条安静胡同内的中央编译局，原本以编译和研究马列主义经典文献作为自己的主要任务。然而从 2000 年起，该局的比较政治与经济研究中心却引人瞩目地在国内首次推出了一个经世致用的奖项——"中国地方政府创新奖"，从而成为中国内地行政体制改革的重要推手。

俞可平教授是这个"中国地方政府创新奖"的发起人和主持者。除了行政职务之外，他更重要的身份是，国内甚至国外很有影响、长期从事当代中国政治和政治学理论研究的学者。联合国全球政府创新咨询专家、法国高层重要思想库"政治创新基金会"的外籍监事，这些更是他鲜为人知的国际身份。海外媒体说他是"中国民主治理研究的一位主要学者和倡导者"。

这篇专访将为读者勾勒出这一学术性的奖项，说明它如何在中国出现及成型，以及是如何深深地影响

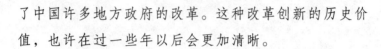

了中国许多地方政府的改革。这种改革创新的历史价值，也许在过一些年以后会更加清晰。

一 一个进取的角色：评价地方
政府改革创新

记者：俞局长，在你们的各种资料中，更愿意称这个"中国地方政府创新奖"是一个民间奖项。但是鉴于有中央编译局的背景，人们可能更愿意称它为半官方、半民间的奖项。您是否认同这一点？以一个民间机构的身份，组织这样一个极具政治内涵的奖项，它如何适应自己这个进取角色？

俞："中国地方政府创新奖"由中央编译局比较政治与经济研究中心、中央党校世界政党研究中心和北京大学中国政府创新研究中心共同发起。负责该奖项的主要工作机构是比较政治与经济研究中心，这是一个专业性的学术机构。

我们说这是一个民间的学术性奖项，主要是根据中国的政治现实而言的，即它不是政府官方的组织行为，不通过党政权力机关进行申报和评选，而是自愿参评，评选结果与组织考核及官员的升迁没有直接关系；从事评选的专家都是以学者身份参与的；所有费用也不是政府拨款；评选的程序和标准不是官方的政治性标准，而是独立的学术标准。

中央编译局长期从事经典著作和中央文献的翻译，但近年来其工作职能发生了重大变化。党中央对中央编译局提出了"三个并重"、"两个服务"的要求："三个并重"就是翻译与研究并重，研究经典著作与研究现实问题并重，理论的提高与普及并重；"两个服务"是为中央决策服务，为社会主义现代化建设服务。

不过，需要说明的是，政府创新奖并不代表中央编译局，并不是这个机构的行为，而是比较政治与经济研究中心、中央党校世界政党研究中心和北京大学中国政府创新研究中心的一个合作项目。

记者：那么，你们设立政府创新奖的初衷是什么？

俞：我们设立创新奖有好几个目的，最主要的当然是为了鼓励地方政府积极进行旨在增进人民群众公共利益的改革创新，推动我国的社会主义民主政治和政治文明建设。

直接的初衷之一，就是在中国建立一套比较科学的、客观的、可以操作的地方政府行为评估体系或政府绩效的评估体系，推进政府管理体制的创新。中央提出了"科学的政绩观"，但如何才是"科学的"，怎样正确、全面地评价一个地方政府和地方官员的政绩，如何来设立这个评价体系和标准，这就是我们最初设立奖项所必然面临的问题。

记者：在中国现有的政治空间中，政治创新的标准还未成定论。那么你们关于地方政府创新的评价体系是如何构建的呢？

俞：我们在建立这套评估体系时考虑的因素有三个：第

一，了解西方发达国家是如何评估其政府绩效的；第二，中国有自己具体的实际情况，有特殊的政治环境和政治制度，评估体系一定要与中国的实际情况相结合；第三，应该具备很强的操作性和可行性。

首届"中国地方政府创新奖"评选标准有 6 项：创新程度、自愿程度、效益程度、重要程度、节约程度、推广程度。第二届标准调整为：创新性程度；参与程度；效益程度；重要程度；持续程度；推广程度。

至于这些标准的具体"权重"，标准的细化量化指标，现在已成为我们的"专利"，在此我不一一细述。在过去几届评选中，我们还引入了西方最时髦的"协商民主"方式。在专家投票计分的基础上，再根据"协商"来决定结果，但"协商"也是量化的。

记者：我们注意到，三届的评价标准有一些变化，比如"可持续性"和"节约程度"。前后的变化是出于什么考虑？

俞：我们发现"可持续性"很重要，第二届把它作为一个标准提出来，而今年就直接放到申报资格中，我们一开始就强调申报项目必须已经运行一年以上，发生了实际效果，否则连申报资格都没有。

第二届取消了"节约程度"，因为专家委员会觉得这一标准可以包含在"效益"标准中。第三届，又把"节约程度"放进去了。我们认为，中国还是发展中国家，创新必须考虑成本，和国外同类奖项相比，这是我们的独特之处，是由我们的国情决定的。如去年北京有个很好的项目——"社区服务信息平台"，很多人，包括外国专家，都认为这个项目好，但选拔委员会最后只给他们一个"鼓励奖"。因为专家认为，这个项目的硬件设施采购成本偏高。

记者：那么这些项目报上来之后，就可以进入评选阶段吗？

俞：不是。我们有严格的程序：第一步是基本资格审查，看项目是否符合组织性、自愿性、公益性、创造性、效益性和时效性的资格要求；第二步是由学者组成的全国专家委员会选出 20 个候选项目；第三步是派出专家组对候选项目进行实地考察和独立评估；最后才由全国选拔委员会投票选出 10 名优胜奖得主。

记者：考察评估是独立进行的还是有地方政府协助进行？

俞：都是独立进行，独立性是我们最重要的特点。第一，我们的经费是自筹的；第二，我们的考察评估是独立的，尽管项目调研是在地方政府的协助下，但是我们自己拥有主动权——调研日程的安排、调研方式和对象的选择等；第三，项目调研完成之后会形成代表考察组自己意见的独立调研报告，这个报告也是保密的。

对 20 个项目进行考察由几个考察组同时进行，第一届是 4 个考察组，第二届是 6 个，今年这届可能更多。考察的时候还会借助地方的力量，如考察广东的某个项目，可能就会请山东某个大学的教授一起去，但不会请当地的学者，以避免价值偏向。我们也欢迎媒体的参与，以增加透明度。上一届就有记者朋友一起参与，记者们一般见多识广，容易"打假"。不好意思的是，媒体参与考察也要自己负担相关费用。

记者：我们发现专家委员会不单纯是由政治学学者构成的。另外，专家委员会是不是常任的？奖项的最终决定权是否在专家手中？

俞：你观察到的正是我们评选程序中最具特色的地方之一。评奖机构由上面提到的专家委员会和选拔委员会组成。专家委员会由学者组成，包括政治学、法学、社会学、管理学等学科的专家一共 15～20 个人，不是常任，每届不一样，基本上都是在各自领域内的知名专家。

奖项的最终决定权是在选拔委员会。选拔委员会由政府高级官员、企业家、媒体的老总、学术活动家、专家委员会及课题组的代表组成。如上届有中央部委的部局级官员、大学校长、媒体的老总、著名编辑记者、著名学者、地方政府代表、民间组织负责人等。第一届全国选拔委员会主席是费孝通先生，正在进行的第三届我们考虑请民主党派的有关领导人担任。

选拔委员会里学者和在职官员较少。因为这不是学术创新奖，而是政府创新奖。我们评奖不单是出于学术研究，主要是推动政府改革创新。在职官员少，主要是为了和现在政府部门的评估区分开来。

总之，这套政府创新评估体系，充分考虑到了中国的实际政治环境，并借助国外的成功经验。我们自己认为它是一套比较科学、操作性较强的政府创新行为评估体系。所以有人说，这项活动本身就是一种"创新"，可以申请"专利"。

二 发现、评估、研究、奖励和 传播改革经验

记者：我们注意到一个有意思的地方，创新奖的评选范围主要是县或县级以下的组织和社会团体。

俞：现在重点是县级以下地方政府。最主要的原因是，县以下的政府工作直接面对广大的群众，做好了，老百姓直接受益，并直接影响政府的声誉。其次，也有操作上的考虑，相对而言，越接近基层越容易评估，越往上层就越难。美国的"政府创新奖"经过 15 年，才从地方评到了联邦政府，也有个过程。

我们现在还是深感地方政府参与得不够，两届共有 600 个左右的项目参评。我们没有组织的手段，不像政府的评选活动可以发文让下级政府参与。我们是由研究小组通过各种渠道长期追踪调查全国各级地方政府的改革创新实践，随后发出邀请，在自愿的原则下申报。如果该地方政府不申报，就不能参加评选。

记者：地方政府创新需要有内在的动力，您认为这种动力主要是什么？现在两届已经评选出很多优胜奖，还有鼓励奖，似乎现在地方政府创新很活跃，但为什么我们普通大众或舆论界不是很明显地感受到呢？

俞：我们研究中国政治的人，既要从横向的比较看现实，也要从纵向的历史看问题。从 20 多年的长镜头来说，无论是国内还是国外，我想大家都公认中国政治发生了很大的变化，有许多重要的进步。

至于你说到的地方政府创新的动力，这是一个比较复杂的问题。首先，我觉得不少地方政府及地方官员确实有一种干出政绩，为地方做贡献的冲动。毕竟做出政绩，使地方和群众受益，得到人民的拥护，对于一个高素质的政府官员来说，是一种莫大的成就感。其次，是环境所迫，内在和外在的种种压力，使得地方政府不改革不行。当然也不排除其他的动力因素，如通过改革创新得到晋升、博得声誉、获取名利等等。

至于每个创新项目的具体的动力，那就五花八门了。例如，近年来在一些地方推行的乡镇长选举改革实践和民主选举，有的是因为乡镇的财政困难，有的则是因为干群关系比较紧张，传统的任命方式群众不服气，有的是因为感到周围环境的压力，还有的是由于个别领导人的推动。

记者：其实每个人，包括地方行政官员，也都是所谓的"理性人"，对自己没有好处的事情他不会干。当然最好的状况是，做的事情既对自己有好处，也对整个社会有好处。要他改革，动力是有的，但对地方官员个人来说，要看成本与收益的关系，还要看收益与风险的关系。

俞：政治改革的风险很大，但它对社会进步的推动作用也特别大。所以，我们对那些真正为了社会的进步和公众的利益而进行改革创新的政府官员，应当心怀敬意。对他们的可能失败要给予充分的谅解，而对他们在这方面所取得的成绩则要特别地加以鼓励。

正像你所说的那样，要是单纯从官员个人的利益来考虑，他就很难有改革创新的冲动，因为改革的风险预期要比收益预期大得多。我们设立这一奖项的初衷之一，也正是考虑到了旨在增进公共利益的政府创新具有很大的风险，对此要给予特别的鼓励。

记者：据说，在你们所评的获奖项目中，其中不少创新者得到了提拔，从某种意义上对地方官员来说是不是一种政治信号？一般说影响力决定了权威性，如果创新奖影响力大，地方政府会重视。因此，有人甚至担心，牵涉利益之后，会促使地方政府以某种方式来影响创新奖的评选。同时，你们又希望他们重视。这之间的博弈关系如何处理呢？

俞：这之间有一种"张力"：一方面我们希望地方官员重视，并且希望他不是考虑个人升迁才重视；另一方面地方官员也有自己的现实考虑，要他真正重视又与其个人升迁不可分割。

我们当然希望地方政府重视创新奖，但我们也不希望把创新奖和个人职务升迁挂起钩来。这个导向非常明确，我们要让越来越多的官员明白：个人升迁固然重要，但博得群众的爱戴和社会的声誉，可能更重要。其实这也是邓小平同志倡导的：要做事，不要做官。

当然，真正要做到这一点谈何容易！这恰恰又是我们设立这一奖项的一个目的：让那些真正为人民做好事的官员，即使得不到升迁，也能获得社会的荣誉。我想，这也是你们媒体的一种责任。

三　没有一个国家不想有好的治理

记者：我们关心创新奖，是因为创新奖本身在中国政治生活中就是个比较新的事物。而且我们已经看到了两个有意思的结果：第一，你们的评奖已经介入并影响了中国地方政府改革的进程；第二，你们的工作已经在国际上有了影响，甚至，会不会被一些国际机构看作是中国政治改革的风向标？

俞：我们取得了一些成绩，但是由于这个奖的民间性，现在仍有不少困难。主要是，第一，社会的重视程度还不够，尤其是地方政府；第二，社会支持和理解还需要有很长的时间。

现在有来自方方面面的不理解。比如说，今年还有这样的事，一些地方政府工作人员打电话问的第一句话是，你们这个奖项需要花多少钱？这种社会风气很不好，以致对严肃的评奖也产生了误解。我们评奖不要钱，而是出钱奖励。我们的研究经费很紧张，但每届至少要拿出 100 多万元用于奖金和调研。如果没有一定的责任感，很难做这样的事。

还有一种误解是，认为各级地方政府做得并不很好，有些甚至做得很差，而创新奖则是在给政府发奖，对政府进行鼓励。意思是说，创新奖与社会现实脱节，不具有批评性和代表性。我觉得，有些误解可能是因为没有正确地认识到，推动整个社会进步有不同的方式。

记者："推动整个社会进步有不同的方式"？

俞：我认为，从总体上说，推动社会进步有两种方式：一是把"坏"的东西放大，让大家都知道，从而引起注意，改正它。这种是"批评"的方式。这种方式的提出者，如果是对社会有责任感，确实是为了推动社会进步，不是为了个人的名誉，那么，这样的人是高尚的，值得肯定，哪怕他可能偏激。我个人也非常尊敬这样的人。

但这仅仅是一种方式，还有同样重要的方式，就是把"好"的东西放大，让越来越多的地方模仿，最终把"坏"的挤掉。这叫建设性的方式。创新奖属于建设性的方式。其实，现在更需要的是这种建设性的方式。为什么呢？因为对于知识界来说，批评容易博得喝彩，容易引起关注。"建设性"的意见要讲得好，又要赢得掌声，就相当不容易。当然，如果出于功利的目的，把"建设性"方式，变成"注解性"的方式，把不好的也说成好的，成天歌功颂德，那就令人厌恶。

记者：您提到的"建设性"方式，是否就是您的《增量民主与善治》一书中提到的"增量改革"的路径？

俞：是这个意思。按照"增量改革"的思路，所有的改革从总体上说一定要使社会整体、公民的总体利益增加。创新奖的目的是推动社会政治进步。

现在，我们看到中国政治发展中出现了很多新的景象。这些年学术界提出和倡导的"政治文明"、"以人为本"、"协调发展"、"和谐社会"、"人权入宪"、"服务政府"、"责任政府"、"透明政府"、"法治政府"等相继成为中央和国家的政策。这些都是重大的政治创新，也表明学者在推动社会政治进步中正在发挥日益重要的作用。这种"增量改革"或者叫"建设性"方式。我个人认为，它对社会的推动作用至少不下于"批判性"方式。

记者：你也说过，创新奖评出的项目具有推广性，说明这些改革和创新代表着中国政治发展的方向。对于这个方向的把握，您心里一定有底吗？

俞：政治学有公理，如"权力必须得到制约"。社会发展有规律，可能时间有长短，过程有曲折，但整个大趋势是不可改变的。

孙中山先生讲过，"世界潮流浩浩荡荡，顺之者昌，逆之者亡。"他说的"世界潮流"就是指现代化和民主化，现在我们要回到传统政治是不可能的。

政府创新的方向是透明、效益、法治、服务、责任等等，这些是不可变移的。只要是"执政为民"的政府都要这样做，并自觉这样做；如果不是"执政为民"的政府，也要被迫这样做，当然那样就要付出很大的努力和代价。

中国有自己的政治发展道路，我们的民主也不可能是西方式民主，而是中国式民主。这一点也开始为国外学者所认识到，所谓的"中国模式"或"北京共识"，便是一些国外学者提出来的。我们将于2005年8月份举行一个"中国模式"或"北京共识"的国际研讨会，到时也将讨论中国政治发展的模式。

记者：你们评奖一届比一届有深入和创新的地方，是否总会有一天突破"红线"？

俞：所谓的"红线"是变化的，因为社会现实正在发生重大变化。比如说，步云乡的直接选举乡长项目，在当时是一个很轰动的创新，但第一届时我们没有评它得奖，而是评的是"三轮两票"制镇长选举制度。

当时有人指责，步云的乡长直选违背了宪法，因为宪法规定，各级政府的首长须由同级人民代表大会选举产生。后来步云乡的选举进行了改革：老百姓直接选出一名乡长候选人，乡人代会就这名惟一的候选人进行选举。这样既保留了直选的精神，又符合了宪法的规定。所以，第二届评选时，步云乡就获得了"中国地方政府创新奖"。

进一步说，这里有两个"合法性"的概念："政治学的合法性"和"法学的合法性"。一般来说，当然首先在法律上要"合法"，即要遵守国家的法律。而"政治学的合法性"是指符合公众利益，为绝大多数人所认可。

正确处理这两个"合法性"，对推动政治进步极其重要，这也是一种艺术。我的"增量改革"理论中提到，首先要符合法律，但当现实的发展和人民愿望确实需要调整法律时，法律就要与时俱进。突破的前提是符合老百姓的利益。例如，党内有人刚提出社会主义市场经济时，当时的宪法还明确规定国家实行社会主义计划经济，宪法是在有了社会主义市场经济的实践之后才修改的。

记者： 回到第二个问题。您刚刚去参加了美国哈佛大学肯尼迪学院主办的政府创新全球论坛。外国人与我们看问题的视角不一样，他们也许会从中看出更多的东西。

俞： 国外不是对中国正面认识的多了，而恰恰是少了。外国人对我们所取得的进步，了解并不全面。不少西方人认为，我们的经济进步很快，而政治则几乎没有进步。

我的观点与此不同。我认为，我们在政治方面也取得了明显的进步。

我们的创新奖在国际上确实是产生了积极的影响。我们参加了联合国第五届全球政府创新论坛，下个月还将参加第六届；我们是哈佛大学的全球创新网络的固定成员。国际上也比较重视我们提供的案例，哈佛大学全球创新网站上能看到我们提供的材料。世界银行行长沃尔芬森，看了我们关于中国政府创新进展的介绍后，也专门给我来信表示"令人欢欣鼓舞"。

记者：您是联合国政府创新咨询专家，同时又是法国重要思想库"政治创新基金会"的四个国际性监事（英、美、德、中）之一。据您的了解，国际上政府创新的趋势是怎样的？

俞：政府创新是世界趋势，我们以前总认为政府体制改革是中国独有的，其实不然，全球都在认真研究政府创新的问题。像联合国上届政府创新论坛的主题集中在"怎样做得透明，怎样使公民参与得更多，怎样提高效益，怎么样降低成本，怎样使政府管制得更少"。

其实，相对于政治体制而言，政府创新更多的是技术层面的东西，属于治理的方式和技术。无论社会主义国家还是资本主义国家，发达国家还是发展中国家，东方国家还是西方国家，都希望有自己眼中的"良好治理"和"良好政府"，也就是都希望实现"善治"和"善政"。

附：中国地方政府创新奖

第一届获奖名单 2001～2002 年度

优胜奖

四川省遂宁市市中区"公推公选"乡镇党委书记和乡镇长

河北省迁西县妇代会直接选举

广西壮族自治区南宁市推行政府采购制度

江苏省南京市下关区首创"政务超市"

浙江省金华市的领导干部经济责任审计

贵州省贵阳市人大常委会推行市民旁听制度

广东省深圳市行政审批制度改革

上海市浦东新区创办社区矛盾调解中心

海南省海口市实行行政审批的"三制"

湖北省广水市"两票制"选举村党支部书记

提名奖

浙江省衢州市"农技110"

云南省金平县扶贫项目

广东省深圳市大鹏镇"三轮两票"选举镇长

湖南省长沙市四级联动政务公开

河南省社旗县"下访团"

湖北省鹤峰县扶贫项目民营业主负责制

新疆维吾尔自治区乌鲁木齐市七道弯乡村务公开

上海市徐汇区康健街道的"康乐工程"

四川省平昌县公开评税

江苏省沭阳县首创干部任前公示

第二届获奖名单 2003～2004 年度

优胜奖

南宁市"社会应急联动系统"

青岛市"阳光救助"

海口市龙华区"外来工之家"

河北省石家庄市"少年儿童保护教育中心"

安徽省舒城县干汊河镇"小城镇公益事业民营化"

深圳市"公用事业市场化改革"

浙江省温岭市"民主恳谈"

四川省遂宁市市中区步云乡"乡长候选人直选"

吉林梨树县村民委员会"海选"

浙江省湖州市"户籍制度改革"

提名奖

四川省雅安市"直选县级党代表"

河南省焦作市构建"三级服务型政府"

河北省迁西县"妇女维权"

广西壮族自治区南宁市"行政事业性国有资产管理体制改革"

福建省厦门市思明区"公共部门绩效评估"

鼓励奖

浙江省台州市"乡镇（街道）团委书记直选"

北京市延庆县"制止和预防家庭暴力"

北京市社区公共服务平台

原载《21世纪经济报道》2005年5月2日

记者 蒋明倬 王世玲

147

学术机构给政府评奖有
不可取代的优势

　　2003 年 8 月 23 日，中国政府创新研究中心成立仪式暨首届中国政府创新论坛在北京大学举行，包括本报在内的多家媒体报道了这一消息。引人瞩目的是，报道中称该中心是中国首家对政府改革与创新进行独立评估与咨询的学术机构。该中心参与的"中国地方政府创新奖"是中国第一个由学术机构对政府进行评价的奖项。

　　学术机构给政府评奖，这在中国是一个意味深长的新闻。其实，在北大中国政府创新研究中心成立之前，俞可平教授他们已经完成了一届"中国地方政府创新奖"的评选。

　　2002 年 3 月 18 日，首届地方政府创新奖在北京梅地亚宾馆悄然颁发，他们没有邀请记者。对这次评奖活动和部分获奖的地方项目，他们编写了一本中英文对照的书。世界银行行长沃尔芬森在看罢这本书之后，专门给俞可平教授写了一封信，说这本 60 页的册子改变了他对中国的看法。他从中看到了中国的希望和世界的希望。

2003 年 9 月 5 日下午，在第二届地方政府创新奖评选已进入地方申报的最后阶段，在中央编译局的办公室里，俞可平教授接受了本报记者的专访。

一　世界上最有名的奖都是民间奖

谈起怎么想到要给地方政府创新评奖，俞教授说：

一个直接诱因是看到以前都是政府自己给自己评奖——或者由上级评下级，或者由此部门评彼部门。这些年来，各级党政机关对公共服务方面的改革与创新活动进行了许多评比、宣传和表彰，这无疑是必要的。但是，党政机关仅有自我评价是不够的。这些改革与创新活动还应当接受人民群众的评价，并且由第三者而不是由党政机关自己来组织这样的评价。由利害相关的权力部门进行评比，下面必然会迎合上面的需要，弄虚作假、报喜不报忧、请客送礼等现象难以避免。例如，为了一些上级政府和中央部门的评比，某些地方跑北京跑评委，大搞评奖公关——因为这些评比往往与地方官员的升迁挂钩。

政治学里有一条公理：从上而下的决策指令信息通道，和从下而上的政策效果反馈信息通道，不能是同一条通道。这就是说，不能通过同一条管道既推行某一项政策，又全部由它来收集这项政策的效果反馈信息。道理很

149

简单，同一批人既做决策者又做执行者，再让他们反馈政策的执行绩效，能保证信息不失真吗？

从根本上说，政府做得怎么样，应该由人民群众来评价。政府部门对下属机关进行评奖时，通常也会征求群众的意见。但因为对这些意见的分析和处理或多或少会受到自己所处位置和所在部门利益的影响，很难确保公正和客观。群众对政府的评价比较客观，但这种评价往往是零散的，随机的。学术机构由于其非营利性和专业性，在从事政府行为评估方面有不可取代的独特优势。让独立的学术机构依据严格的和科学的评审程序对政府绩效进行评估，会更公正、科学、客观，这也是世界上很多国家的普遍做法，如阿根廷、巴西、英国、美国、菲律宾等国。

美国设有"美国政府创新奖"，它是对政府行为奖励的声誉最高的奖项，由哈佛大学肯尼迪政府学院承办，该学院每年组织著名的政治学与行政学专家，对美国各级政府的创新活动进行独立的研究与评估，最后评出10名政府创新奖得主，通常由美国总统或其他政要出面给他们颁奖。

不要小看民间和学术机构给政府评奖的意义。别忘了，世界上最有名的奖都是民间奖，如诺贝尔奖、奥斯卡奖、普利策奖等。

也许是世界其他国家的"政府创新奖"给了俞可平教授他们直接的灵感，早在2000年，中央编译局比较政治与经济研究中心（俞可平教授为该中心主任）和中央党校世界政党比较研究中心，联合发起"中国地方政府公共服务改革与创新"研究与奖励计划，并设立"中国地方政府创新奖"。首届地方政府创新奖开始是以征文的方式征集申报项目，没有红头文件，没有国家拨款。俞可平教授他们自筹经费，组成以国内政治学与行政学著名学者为主的全国专家委员会和选拔委员会，原全国人大常委会副委员长费孝通教授任全国选拔委员会主任，北京大学著名政治学家赵宝煦教授任全国专家委员会主任。通过初选、实地考察和打分，最终从320个申请项目中评出10名首届地方政府创新奖优胜奖得主和10名提名奖得主。优胜奖项目包括：四川遂宁市市中区"公推公选"乡镇党委书记和乡镇长；河北迁西县妇代会直接选举；广西南宁市推行政府采购制度；江苏南京市下关区首创"政务超市"；浙江金华市干部经济责任审计；贵州贵阳市人大常委会推行市民旁听制度；湖北广水市"两票制"（群众投信任票、党员投选举票）选举村党支部书记等。

二　一个地方官员如果没有创新，　就很难说是有所作为

与许多国外学者和某些国内学者的看法不同，俞可平教授认为，改革开放以来中国在政治和行政改革方面的实践相当活跃。在《增量民主与善治》、《中国地方政府的改革与创新》等论著中，俞可平教授都试图分析和概括地方政府的创新实践和改革开放后中国政治的进步与发展。

　　我们很多地方官员充满创新的冲动！他们需要鼓励，需要与学者交流。

这是俞可平教授他们发起地方政府创新研究与奖励计划的初衷之一，也是他在参与评奖过程中最深的感触。他说道：

　　为什么这些年来这么多政府创新和改革的地方经验没有得到很好的研究、宣传和推广呢？

　　我看中国有许多套不同的话语系统，这些话语之间常有隔膜。比如，我们的地方官员和政治学者之间经常互相听不懂对方的话（在一次研讨会上，地方干部代表提到一个"保先办"——保持党组织的先进性办公室，学者听了半天还以为是搞蔬菜保鲜的呢）。中国地方政府的很多创新，如果不用国际通行的学术语言来说，外国学者就听不懂，所以外界其实对中国有很多误解和认识盲区。

　　世界银行行长沃尔芬森去年来中国，我送他一本我们编的中英文对照的《中国地方政府创新2002》。他回国后给我写了一封亲笔信，说这本小册子改变了他对中国的看法，从中他看到了中国和世界的希望。为什么？我们只不过是用令人信服的事实和他们看得懂的学术语言，向他们介绍了中国地方政府创新的一些令人鼓舞的进展与成就。

　　对于中国地方政府创新的发展，我很乐观。当前贯彻党的十六大精神，各级地方党政机关其实有很多空间可以发挥自己的创造性，形势也逼迫越来越多的地方政府去创新。一个地方官员如果一点都没创新，那就很难说是有所作为。

当然中国的地方政府创新还与老百姓的愿望和要求有相当的距离，总体上看，创新还是少数，需要鼓励，这正是我们设立地方政府创新奖的目的。中国地方政府创新奖的评选标准，第一条就是看创新程度，必须不是模仿他人或死板地照搬上级机关的指示。

三 有的官员对我们比较冷淡，因为 这个奖与他升官没多大关系

俞可平教授说：

使人感到有点悲哀的是，许多地方党政部门打电话咨询我们的评奖事项时，第一句话就是问："你们要收多少钱？"我们知道现在有些评奖等于卖奖，但我们这个奖绝不收费，而且给获奖单位奖金。首届每个优胜奖项目奖金是8万元，这一届每名优胜奖奖金是5万元，提名奖奖金为2.5万元，项目推荐人也有奖。我们从紧张的经费中拿出钱来办评奖活动，要求专家下去考察时不能接受请客吃饭不能收礼，必须接触百姓。为了更好地体现透明、民主、公开的原则，本届地方政府创新奖最后的评选将和颁奖安排在一起，在地方代表面前当场打分、宣布结果。

关于地方政府创新奖的经费来源，俞可平教授希望能够建立独立的专门基金。首届地方政府创新奖得到了上海市张江高

科技园区和美国福特基金会的资助，俞可平教授他们提出的资助条件是资助者必须与参评单位和项目无关。今年，课题组已收到 150 个申报项目，主要因受非典影响，收到的申报数量比上届少。但是俞可平教授说，今年申报项目的质量更高，属于制度创新的比较多。俞教授表示，特别欢迎地方党政部门积极申请"中国地方政府创新奖"。

谈到中国地方政府创新奖的发展和前途，俞可平教授感慨道：

> 办这个奖不容易。我们有些官员对学术机构给政府评奖还需要一个认识过程，因为可能与他升官没多大关系，所以对我们比较冷淡。社会各界对此也需要有一个逐渐了解和接受的过程，但我相信这一奖项会得到越来越多干部和群众的认可。

俞可平教授特别强调并坚持他们的奖项是一个民间奖。

> 我们会坚持下去、扩大影响、做出信誉，我们没有红头文件，没有职能机构委托我们做这件事（当然，也没有哪个党政部门反对），我们凭着对推动社会进步的责任感来做这件事。

俞可平教授介绍说，多数项目获得地方政府创新奖之后扩大了影响。例如，湖北广水市村党支部书记的"两票制"选举办法，后来得到上级领导部门的重视，在更大的范围内推广；又如，自贵阳市人大旁听制度和南京下关区政务超市获奖以来，全国许多地方都推出了类似做法。

俞可平教授说：

我们的研究和评奖，可以有多种渠道影响更多的政府部门。今后地方政府创新奖的获奖项目还将被纳入高校的MPA（公共管理硕士）的案例教学，甚至有机会走上国际论坛。2003 年 11 月，我们有两个地方政府创新奖项目会被邀请到在墨西哥召开的世界政府创新论坛上作介绍。

原载《中国青年报》2003 年 9 月 11 日

记者 刘县书 李 斌

决策智囊解读善政之道

记者： 俞先生，您好！您主持发起的"中国地方政府创新奖"已经是第二届了。我们的传统政治智慧讲究"治大国若烹小鲜"。把创新作为一个考核政府的标准，会不会有标新立异之嫌？

俞： 由民间给政府评奖其实是一种国际性的现象，只不过我们国家这几年才开始试行。我们所追求的当然不是无目的的创新，而是为了达到善政的目标所作的努力。自从有了国家及政府以后，善政便成为人们的理想政治管理模式，这一点古今中外概莫例外。中国古代政治哲学所指的"仁政"、"善政"，大体相当于英语世界里的"good government"，直译也就是"良好的政府"或"良好的统治"。而要达到这一点是需要创造性的，我们的评奖就是要鼓励这种创造性。

记者： 真正的创造性往往蕴藏在民间。比如，当年小岗村的老百姓是在政府都没有表态的情况下，躲在黑屋子里按手印搞的"单干"。那么，为什么要把基层政府作为评奖的对象？

俞：这是由中国的国情决定的。中国的改革必然是政府主导的改革。不可否认，当前民间蕴涵着强烈的改革推进力，各种社会权力主体也比以前明显地增多了。然而，在所有的权力主体中，政府无疑还是具有压倒一切的重要性，任何其他权力主体均不足以与政府相提并论。代表国家的合法政府仍然是正式规则的主要制定者。国家及其政府仍然是国内和国际社会中最重要的政治行为主体，处于独占鳌头的地位。鉴于国家及其政府在社会政治过程和公共治理中依然具有核心的地位，所以我们尽管对政府有这样或者那样的看法，但必须指出，在现实的政治发展中，政府客观上仍然是社会前进的火车头，官员依然是人类政治列车的驾驶员，政府对社会有着决定性的作用。所以，积极引导和发挥政府在推进社会进步方面的积极作用，也是非常有必要的。

记者：我看了这次报名参评的一些项目，给人的感觉是，这些项目往往能给公众带来益处，很多都是政府分内该做的，早就该做了，怎么还好意思领功拿奖？

俞：政府创新，不是为了好看玩新花样，要承认基层政府不是在做额外的事情，而是努力用新办法来解决它职责之内本来该解决却没有解决的问题。话又说回来，要知道，在中国想办成一件事实在太难，也许在发达国家某些理念都已不稀奇，不这样做才奇怪，可在中国，一些基层干部要认认真真去实践它，还是要付出很大的努力。所以，这样的政府创新需要特别地鼓励。正因为政府创新不容易，意义才特别重大。在现行体制下，有时候下级听从上级是比较容易的，下级主动发挥创新就可能会有很大风险，做不好就可能丢掉乌纱帽。我们换一个角度想，地方干部完全可以按照领导的意图办事，无需创新，那样既没有风险，还省事。但是要创新，为老百姓服务，就困难得多。对于一些如此尽忠职守并有创新意识的基层政府，从民间的角度对他们予以肯定，也是一种支持，同时从观念上倡导更多的基层政府向这个方向努力，多少也有一种鞭策作用吧。

记者：目前有一种现象，一方面，有时候体制束缚了基层的创造力，但另一方面，很多时候体制又成为了各级政府不作为的"保护伞"，使得一些既得利益者往往可以把什么矛盾都推给体制。比如，我遇到过不止一个干部，问他们为什么不作为，他们就叹一口气："哎！体制！"

俞：这个问题很重要。先说一个事实吧。我们在第一届评奖后对获奖项目进一步的发展都进行了追踪，而且我们还特别跟踪研究负责这些项目的官员，看他们有没有受到重用和提拔。如果是因为获得我们这个奖，搞创新搞得反而丢了官，受到批评了，那说明上级政府不认可或者说我们的政治体制是不允许创新的。反之，如果职务变动了，晋升了，说明上级政府对基层创新这个奖是认可的，而且创新的行为也是可行的。拿第一届获奖项目的跟踪调查结果来说，大部分负责官员都得到了提升，或者调动后的职务更重要了，这个比例接近2/3。这从一定程度上说明了政府对于创新的态度。

我们必须认识到，在中国想搞改革的人是没有选择的，都是在目前的政治体制框架下进行。这是一个前提，中国的事情太急了会出乱子。而我们之所以从民间立场表彰一些基层政府的创新，是为了让更多的基层政府明白，即使在现在的政治框架下，如果他真心想为老百姓办实事也还是大有可为的，虽然不是什么都能实现，但至少有很多事可以做。比如，上届获得优胜奖的"两票制"选举村党支部书记、政府采购、政府一站式办公服务、公推公选乡镇领导、干部离任经济责任审计、行政审批改革、社会矛盾调解等项目，原先是没有的，但现在都已经在全国范围内开始推广。不敢说我们的评奖在这个过程中起了多大的作用，但至少和这个发展趋势相吻合，这是一种正面效应。

记者：您的专业是政治学，在我们的传统中政治常常被当作"肉食者谋之"的事情。如果以全球化的视野背景来看，什么是您作为一个学者探询的理想的政治？什么是中国的理想政治？

俞：由于历史原因，我们对"政治"的理解有很多的误解，我们今天追求的政治应该是一种善治。它不是传统的"帝王术"，而是使公共利益最大化的社会管理过程和管理活动。它不是单向的，而是政府与公民对公共生活的合作管理，是政治国家与公民社会的一种新颖关系，是两者的最佳状态。善治至少含有以下一些基本要素：① 合法性，它指的是社会秩序和权威被自觉认可和服从的性质和状态。② 法治，即法律是公共政治管理的最高准则，在法律面前人人平等。③ 透明性，它指的是政治信息的公开性。④ 责任性，它指的是管理者应当对自己的行为负责。⑤ 回应，它的基本涵义是，公共管理人员和管理机构必须对公民的要求作出及时的和负责的反应。⑥ 有效，这主要指管理的效率。⑦ 参与，这里的参与首先是指公民的政治参与，参与社会政治生活，还包括公民对其他社会生活的参与。⑧ 稳定，稳定意味着国内的和平、生活的有序、居民的安全、公民的团结、公共政策的连贯等。⑨ 廉洁，主要是指政府官员奉公守法，清明廉洁，不以权谋私，公职人员不以自己的职权寻租。⑩ 公正，指不同性别、阶层、种族、文化程度、宗教和政治信仰的公民在政治权利和经济权利上的平等。

　　一个国家要实现善治，首先必须实现善政。政府的一举一动都极大地影响着社会的治理状况，影响着全体公民的思想和行为，影响着社会的稳定与发展，政府自身的改革和创新对社会进步具有特别重要的意义。我们的政府要不辱振兴中华的伟大使命，不要总是去要求老百姓这样那样，自己首先应当成为创新的表率、民主的表率和现代化的表率。

原载《南风窗》2004 年 2 月

记者　郭宇宽

地方政府创新轻叩善治之门

2003 年底，国内第一个由学术机构对政府进行研究评价的项目——"中国地方政府改革与创新"诞生，中央编译局副局长俞可平教授任该课题组总负责人，引起各界关注。这个学术项目每届评出 10 个"中国地方政府创新奖"，现实性和前瞻性极强。

2000 年，中央编译局比较政治与经济研究中心和中共中央党校世界政党比较研究中心联合组织发起了首届"中国地方政府创新奖"评选活动，共有 320 多个地方政府的创新项目参加了该奖项的申请。其中，河北迁西妇代会直选、贵阳市人大常委会市民旁听制度、四川遂宁市市中区"公推公选"乡镇长和乡镇党委书记等十个项目获奖。2003 年 11 月，贵阳市人大常委会有关人员还被邀请代表中国出席联合国与墨西哥联合举办的第五届政府创新全球论坛，与来自全球的政府机构分享自己在拓宽公民政治参与渠道方面的经验。

与这个奖项在国外引起的高度关注程度相比，它在国内却十分"沉静"，很少有人知道。对此，俞可平教授说，因为政府创新问题太敏感，第一次评奖没有请任何新闻媒体参加。

政府创新太迫切了。它是政治体制改革的重要内容。这些年，地方政府主动进行了大量创新，中国社会政治领域正在发生巨大的变化。

俞可平教授向记者介绍他发起这个项目的初衷。

但中国的地方政府创新与老百姓的需求、愿望还有相当的距离。创新太需要鼓励，这正是我们设立地方政府创新奖的初衷。

"地方政府改革与创新"研究与奖励计划的目标是：

发现地方政府在制度创新、机构改革和公共服务中的先进事迹，宣传、交流并推广地方政府创新的先进经验；鼓励地方党政机关进行与社会主义市场经济相适应的改革，推进地方治理；建立一套客观、科学的政府绩效评估体系，对地方政府的创新行为进行独立的评估和奖励，推动中国政治学的发展等。

俞可平教授说，在最初评奖时，一些问询电话竟问起"收费多少"，令他十分痛心。

官方评奖，往往有深刻的权力利益关系背景。我们借鉴西方经验，由独立的学术机构进行评定，同时通过派出独立的调查组、加盖政府公章、外围了解等方法，以学者的专业良知来保证评奖的真实，克服评奖腐败，确保评奖结果不含水分。

地方政府创新的动力何来？经济全球化、入世等经济领域的外围因素不可忽视，而在政治体制领域，创新的需求和动力主要来自经济社会变革中不断累积的"问题"。在中国，地方是最富于创新动力的层次，因为它处在国家与社会的交接面上，直接面对社会经济变革以及制度转型带来的诸多新问题，而旧体制、旧思路和旧方法无法为地方提供解决这些紧迫问题的答案。在 20 多年经济体制改革进程中，许多改革新举正是自下而上、由星星之火而演变为全国性行动指南。

当下，行政管理体制改革并非外界所想的一片沉寂。在"中国地方政府创新奖"的两次评选中，第一届报名的地市（含）以下项目达 320 多个，第二届报名的达 240 多个。事实上，在这一轮行政体制改革浪潮背后，动力之一便是不可抗拒的地方经济竞赛。如果说，改革开放之初地方竞争的法宝主要是靠优惠政策，那么，现在各地竞争制胜的关键就看谁能最有效地提供公共产品和服务，提供优良的"软环境"。

我始终认为，很多官员在为老百姓做事，他们有很多苦衷。政府主动创新特别难。行政长官如果把主要精力都放在做官上，就不会去创新。因为一旦创新失败，很可能意味着仕途的结束，风险太大。一切为老百姓服务的政府创新，尤其需要鼓励。

在国内以政府治理比较研究闻名的俞可平，十分"爱惜"地方政府建设社会主义政治文明的这些生动实践。

希望能为学术机构和政府部门、学者和官员交流学习搭建一个平台，为中国的社会主义政治文明建设和政治学理论研究贡献一份力量。

从国家整体发展的角度看，深化行政管理体制改革，加快政府创新，终极目标是实现政府治理的"善治善政"。

政府创新的重点领域应该在哪里？俞可平教授指出，应该从七个方面着力：

第一，责任政府。第二，质量政府。怎样做到立党为公执政为民？今天的媒体更应该发起一个"政府服务质量万里行"活动，监督政府服务。第三，专业政府。官员要有专业知识，要有能力。第四，透明政府。只有透明，才能民主、科学、廉洁。第五，廉洁政府。第六，低成本政府。政府服务也要讲效率，讲投入产出。第七，少管制政府。改革行政审批制度，少管制、放手不等于撒手，政府应该帮助社会自我治理，进而在中国培育形成发达的公民社会。

地方政府局部创新如何成为全国性改革的突破口？一位专家提出：中国的制度在传统上带有强烈的整体主义，各个环节相互耦合，很难从某个环节上加以突破。但是1978年以来，中国的制度步入了转型时期，在一些地方和部门出现的创新也有可能引发全国性的变革。提高这种创新的可持续性和扩散性，不仅需要创新者的坚持和政治智慧，从现有的框架中寻找到更大的空间，更需要全局性改革的推动和高层领导者的远见和果敢。

原载《半月谈》2004 年第 2 期

记者　许小丹

推动地方政府创新

　　近四年来，俞可平教授一直倾心关注地方政府的创新实践。2003 年 8 月，由他担任主任的北京大学"中国政府创新研究中心"成立。他借助自身的优势，通过对地方政府创新的评选和推广，在基层政治创新和宏观体制变革、政府与学界之间塑造了一种新型合作关系。

　　2005 年 3 月 1 日，俞可平教授和他的项目专家组在北京民族饭店举行了第三届"中国地方政府创新奖"启动仪式。其间，他接受了《第一财经日报》的采访。

　　记者：您曾经出版过《增量民主与善治》一书，主张不是一蹴而就地，而是一点一滴地推动民主建设。你做的细致工作是试图实现学术与政府之间的互动，特别是在"地方创新奖"方面。您认为，如何理顺地方创新和宏观政治决策之间的关系？

　　俞：在微观和宏观之间必须要找到一个结合点。如何达到微观和宏观之间的结合也正是我们一直关注的核心，我们之所以运作"地方政府创新奖"，正是认识到互动的重要性。

比方说，地方政府创新的行为本身虽都是县以下的，但我们的地方政府创新奖却是全国性的；其次，我们对地方创新项目进行选拔的选拔委员会，里面很多成员是来自全国政府机构的官员，同时在参与项目评选时，我们邀请了地方和中央官员，为他们提供相互交流的平台；还有，我们不仅仅是评奖，我们还研究它，把某地政府创新行为提出来形成新的思路，着眼于更大范围的推广。

记者：高校中的学者和从事具体工作的政府官员对于地方政府创新，往往存在着不同的理解。您是如何搭建这两类群体的沟通渠道？

俞：首先要说的是，中高层官员、媒体朋友、民间人士也都参与到最后的地方政府创新的评选活动中。而且我们在评选完之后还专门开一个会：获奖的政府官员与学者之间进行交流。通过项目评选和群体间交流最终实现善治，也就是公共利益最大化的社会管理。而善治的前提是善政，我们的工作直接目的是推动善政：我们对政府创新项目的评选，强调该项政府创新必须有助于提高公民的政治参与、具有适度的推广意义，从而展现该项政府创新的现实度。

记者：在评判政府创新方面，如何有效地反映民意？

俞：理论上，老百姓应该说了算，最终裁判者是公民。但从操作层面看，让老百姓评选地方政府创新是有困难的。上次很热闹的网上评议政府实际存在一些问题：代表性不全，农民不上网；程序不严谨，随机性大；人多不一定都好。

设计一套程序，把民意体现出来，这就是学者的责任。我们评选地方政府创新的整套程序无非是把老百姓对政府的评价通过我们的程序设计、制度设计体现出来。我们的程序标准第一条是时效性，即在当地已产生效果；第二条是效益性，也就是得到活动对象的认可。

记者：对于地方政府创新的评价活动已经搞了两届，共有20项创新获得了优胜奖。对于这些获奖的创新举措，你们后续做了什么工作？您的理想目标是什么？

俞：对于获奖的政府创新我们继续跟踪，观察该项目是否具有可持续性。像两票制、公推公选在深圳先做了，后来这些创新又在河南、四川等地铺开了。同时，我们也致力于项目的更大推广，民间评奖的鼓励方向是社会前进方向。我们发现获奖单位的领导绝大多数获得升迁。

我们对地方政府创新的总体评价并不重要。我们的工作目标是推动政府的公共责任感。

原载《第一财经日报》2005 年 3 月 2 日

记者 罗 科

地方政府创新尤需鼓励

对话动机

几天前，"中国地方政府创新奖"专家组成员从浙江返回北京，他们刚刚考察了温岭市委、市政府的"民主恳谈会"。此前，专家们已考察过椒江区委"县（市区）党代表大会常任制"、湖州市公安局的"浙江省湖州市户籍制度改革"等多个项目。这些项目都是第二届"中国地方政府创新奖"的入围项目。

2004年3月24日，这一民间奖项的颁奖大会将在北京召开。选拔委员会将通过投票产生10名优胜奖和若干提名奖，并当场颁奖。

"中国地方政府创新奖"是由非官方的独立学术机构对政府行为进行评选和奖励。它的总负责人便是俞可平教授。

记者：俞可平教授，您好！由非官方的独立学术机构对政府行为进行评选和奖励，这在中国好像还是头一回。这种评选是否也可以看作在一定程度上对中国政治体制创新的一种总结？

俞：这些年来，中国各级政府，尤其是地方政府，在制度创新、行政改革、公共服务方面已经做了大量的创造性改革。西方有一种比较有代表性的观点，认为中国经济变化很大，政治上没什么变化或者变化很小，其实这完全是一种误解。我们除了研究理论问题外，还研究大量现实问题。我们有自己的蹲点调研基地。我们在研究现实问题时发现，改革开放以来我们在政治上的变化非常大，取得了许多重大的进步，包括政治体制创新。

一　地方政府创新特别需要鼓励

记者：在中国现行的体制下，各级地方政府的创新有何意义？

俞：政府的创新需要特别地鼓励，因为政府创新不容易。在现行体制下，下级听从上级是比较容易的，下级主动创新就可能会有很大风险，做不好乌纱帽都可能丢掉，因此政府创新特别需要鼓励。现在党中央一再倡导创新，因为政府创新有表率作用，政府是社会发展的火车头，一举一动都影响着社会，所以政府的创新意义特别重大。而且，所有的政府创新都或多或少带有全局性，哪怕是很小的项目，可能对当地的影响都很大。

记者：你们作为独立民间机构，在保证评选的独立性、公正性上是否有自身优势？

俞：所有到现在为止的对政府评奖基本上都是上级评下级，或组织部、宣传部、人事部门评选其他部门，说到底是政府自身的内部评价。这些评奖当然是很必要的，但毕竟是不充分的。应该由第三者来评选，会更全面、更充分。

记者："民间机构评估政府行为"在国际上是否有先例？

俞：所有世界上有名的大奖都是民间评选的，如奥斯卡、诺贝尔、普利策都是民间评选的。西方国家对政府行为的评估，最有影响的都是民间评的，如美国的政府创新奖就是由哈佛大学评的。在中国，这也是今后的一个发展方向。我们要把"中国地方政府创新奖"做成品牌。因此我要求很严，有一套严格的标准和程序，不允许弄虚作假，坚决杜绝各种评奖活动中大量存在的种种不正之风。

二 希望以学术推动社会政治进步

记者：你们做这个项目背后的动力是什么？

俞：评价政府行为，原来都是由政府一家来做。现在民间也来评，学者也来评，这确实是极其困难的事。但是我们有一种强烈的责任感，要努力以学术来推动社会政治的进步。如果没有这样一种责任感，我们何必拿这么多钱来奖给人家？

记者：这个奖项的奖金额度相当高，那么项目的经费是如何募集的？

俞：一些企业和基金会给我们经费上的支持。我们也呼吁，一些有远见的企业家和基金会给我们更多的支持，建立专门的基金。我们至今没有固定的基金，总是今年筹集明年的，然后再筹下一届，而国外这种项目都有固定基金。我们盼望有更多的国内企业支持我们，但愿意赞助我们的企业绝不能与项目有关。我们必须了解赞助者，保证经费要非常干净、非常清楚。

记者：在中国目前的现实下，您如何认定这一评价活动具备可操作性？

俞：这是非常现实的问题。在项目开始时，我们详细论证过现实条件的可行性。

首先，我们觉得政治上的宽松创造了一个有利于发起这样一个民间奖的环境。这个项目到现在基本顺利，总的来说给予肯定、鼓励的多。虽然有一些部门官员不便以部门身份出面，但他们个人还是很支持的，包括中央一些重要部门的领导。

其次，我们发现，这些年来确实出现了相当多的地方政府创新行为。

记者：你们这套评估系统是否有现成的经验可以照搬？你们是否也做了一些相应的制度创新？

俞：由学术系统对政府绩效进行评估和奖励，在国外是比较通行的做法。这方面有许多东西可供我们学习与借鉴。当然中国的情况比较特殊，我们要根据自己的国情来建立具有中国特色的政府绩效评估系统和政府创新奖励制度。

这一项目主要由中央编译局比较政治与经济研究中心、中央党校世界政党比较研究中心和北京大学中国政府创新研究中心共同实施。有些人可能会对这个奖的"民间性"提出质疑。当然，按照字面上讲，这些机构都不是民间的，都是国家的正规单位。实际上，这些单位自身具有独立性。无论在党政部门，还是在学术系统中，它们分别都具有相当的专业权威性。

三 建立科学的政府绩效评估系统

记者：你期望通过"中国地方政府创新奖"的评选实现什么目标呢？

俞：首先是发现好的政府创新经验，并加以总结、提高、完善。其次是鼓励这些政府创新行为，不仅鼓励这个地方做，更鼓励其他地方也做。再次就是我在学术上的追求，为中国建立一套科学的政府绩效评估体系。

政治学做什么呢？其中一条就是为现实政治提供一些指导性的理论，如怎样科学决策、怎样更加民主，也包括怎样评价政府绩效、以什么样的标准去评价。学者有特殊的有利条件将公民对政府的意见系统化，在理论上加以概括，建立一套科学的标准程序，这也是学者的责任。中国也应该有相对独立的、科学的、学术的政府绩效评估体系。

记者：已经结束的第一届评奖是否达到了课题组预想的目标？它产生了怎样的社会效应？

俞：我们在评奖后对获奖项目进一步的发展都进行了追踪研究。如上届获得优胜奖的"两票制"选举村党支部书记、政府采购、政府一站式办公服务、公推公选乡镇领导、干部离任经济责任审计、行政审批改革、社会矛盾调解等项目，都已经在全国范围内开始推广。我们不敢说我们的评奖在这个过程中起了多大的作用，但至少和这个发展趋势相吻合，这是一个正面效应。

记者：总体上说，追踪研究的结果是怎样的？

俞：我们在跟踪研究中有几个指标评价其结果。首先是项目本身有没有得到完善和推广。对上一届获奖项目的追踪显示，没有一个项目做完了、评完了，就终止了。有的是这个地方可能不做了，但其他地方又开始借鉴推广。如深圳市大鹏镇"三轮两票"选举镇长的项目，因种种原因在当地有一些变化，但在其他好几个省却得到了推广。

贵阳市人大常委会市民旁听制度也开始推广了。我本人也去过贵阳，在调研中与相关部门负责人直接接触、了解情况。现在该制度已经在贵州全省更大的范围中推广了。

记者：你们的评奖活动对地方政府的创新能起到什么具体促进作用吗？

俞：我们说我们的奖项是民间奖，主要是起鼓励先进的作用，但无权要求或命令各地都遵照执行，这也是区别于官方奖的一个重要方面。民间奖只代表一种舆论和方向。评价是否成功，主要看是否符合了社会的发展趋势。评了奖了，越来越多的人做这个事了，那就成功了。我们要做的，就是要做舆论的引导。我们把大家认为做得好的给予奖励，然后有更多的地方也这样做了，这就是成功。

四　获"创新奖"官员大部分得到提升

记者："政府创新奖"对负责该具体项目的官员有何影响？

俞：我们跟踪研究负责这些项目的官员，看他们有没有受到重用。如果是因为获得我们这个奖反而官也丢了，受到批评了，那说明上级政府不认可。如果他职务变动了，晋升了，说明上级政府对这个奖是认可的。我们最近就第一届获奖项目做了一个调查，大部分负责官员都得到了提升，或者职务更重要了，这个比例接近三分之二。

有一个效果是我们没有想到的，就是这个奖项走向了国际。前不久，我和贵阳市的获奖代表出席了在墨西哥召开的第五届全球政府创新论坛。贵阳市的获奖代表在大会做了发言，效果特别好。很多外国代表当场就站起来说，中国代表的发言，改变了他们对中国的看法。他们原来只是以为中国经济做得好，没想到中国的政治也做得很好。

五　我们更加重视体制创新

记者：创新奖已经举办至第二届。作为总负责人，请你谈谈本届与上次相比有哪些特色。

俞：首先，这次申报的质量明显提高。而数量少了，主要是 SARS 的影响，上次 320 多个，这次 240 多个，但是质量提高了，申报也更加规范了。其次，制度创新的比例相对来说少了，技术创新的比例相对来说多了，这是一个发展趋势。我们现在把创新分为制度、行政和公共服务，但简单地来说可以分为两类，一类是制度创新，一类是技术创新。比方说，电子政务、反家庭暴力都是技术创新。

记者：你们鼓励技术创新还是体制创新？

俞：我们更加鼓励体制创新。但是，制度是相对稳定的，制度创新是非常难的，其他国家也是这样的。90％都是技术创新。我估计下一届技术创新会更多。

记者：你们如何看待媒体在这次奖项评选过程中的作用？

俞：这次更公开、透明，有媒体的参与。第一届是一概不接受访谈、一概不报道，因为太敏感了。正在做的时候，如果哪个部门、哪个领导说了句话，停了下来，那就前功尽弃了。所以我先做，有什么责任我先承担了再说。到目前为止，我们没接到任何部门任何领导对这个项目有不好的看法。

本届的全国选拔委员会将实现"三三制"，学者、官员、媒体各占三分之一。媒体和官员的参加有利于进一步推广。参与的官员主要是中央部委的官员，他们和地方没有直接的利害关系。上一届中就有全国人大、全国政协的官员。通过他们，也可以影响一些部门，对宣传推广是有益的。

记者：你们这次评选所产生的影响的确比上次大了许多。

俞：对这一届评奖，地方政府也更加重视了。有一个地级市的市委书记亲自把申报材料送到我们这里。甚至还有些地方通过中央一些部门的领导打电话，推荐其申请项目。这说明这一奖项确实开始受到社会的关注，当然评选时我们一定会坚持自己的评估标准。

原载《新京报》2004 年 01 月 20 日

记者　史　梅

第四部分

公民社会与和谐社会

市场经济，需要培植市民社会

记者：市场取向的改革深刻地影响着社会生活的方方面面。您是否认为中国正在走向市民社会？

俞：市民社会是市场经济的必然产物。所谓市民社会是指在国家政治生活之外的所有自发自主的社会秩序和生活。例如，民间商会、行业协会、村民委员会等都是市民社会意义上的自组织形态。在中国传统社会中，政府把持和集中了社会大部分的资源，事实上市民社会被淹没在政治国家中。当商品经济尤其是市场经济发展起来后，市民社会从政治国家中显形则成为必然。人为的拒斥只会造成市民社会一定程度的扭曲（使其更多地带有宗法和秘密社会色彩），而不可能遏制市民社会以其必然性为自己开辟道路。

记者：中国长期以来的威权政治文化深入社会各角落。十年动乱可以说是社会政治化的极致。这无疑会成为我们建构市民社会的障碍。

俞：这确实是一个难题。在旧体制下，国家集中社会大部分资源。政府成为生产要素的资源配置者，体制外的经济成分往往被视如洪水猛兽。社会的高度政治化，使人们惯于无论什么都要问问姓"资"还是姓"社"，姓"公"还是姓"私"，由于没有市民社会所要求的明晰的产权概念，名义上的公有制往往成为一些人公开谋私的手段。腐败现象在政治化社会中屡见不鲜，而导致政治腐败的主要经济原因是官员低薪，同时又缺乏必要的养廉制度。当我们把官员阶层仅当作国家公仆，更多地考虑政治利益而无视其社会个人利益，忘记了他们也是市民社会的一份子时，权力寻租则难以避免。所有这些都可以归结到一点：我们缺少一个健全的市民社会。应该注意的是，在西方学者看来，市民社会是对政治权力的最有力的制衡，作为民主的社会基础，他们更强调市民社会的自发性和非官方性。但市民社会并不是一个独立于政治权力的反政府力量。在中国，一个健全的市民社会的发育更多地需要自上而下的建构和规范，尤其是转型时期，政府应充当更重要的角色。

记者：强调政府的权威及其对国家发展的干预职能，是否会与市民社会的成长相冲突呢？

俞：亚洲一些新兴市场国家或地区，如新加坡，就很强调国家的政治权威，它的市民社会与政治国家的关系无疑也更密切些。但权威主义和政治集权并不必然与市民社会相冲突。韦伯认为，科层化是现代化和世界理性化的一部分，从这个意义上说，集权是一个有能力的政府的常态。集权不同于"极权"，极权意味着政治权力的无所不及，也就是社会的高度政治化。当权力深入社会各角落似乎无所不及的时候，也恰是国家权力最分散、最软弱、最易于失去合法性的时候。

记者：市民社会的出现是否意味着意识形态将再次被淡化呢？

俞：你实际上探讨了一个非常重要的课题，一方面我们应该为市民社会的自发自主力量提供生存的空间，同时形成中的市民社会又必须有足够的资源和能力创造出衔接于政治国家和市民社会间的文化霸权（hegemony）。意识形态淡化、道德失范和出现价值空心现象也许是社会转轨的一种文化代价，但这不是说从政治国家中显形出来的市民社会不要拥有共同的政治理念和价值观。相反地，只有充分利用传统资源，适应政治国家的客观要求而建立的文化霸权，才能真正保证市民社会的健康发展，以实现长治久安。

原载《北京青年报》1992 年 11 月 24 日

记者　邵延枫

市场经济与市民社会

记者：十一届三中全会后，在经济上我们推行市场取向的改革，十四大又确立了建立社会主义市场经济体制的改革目标。随着市场经济的逐步推行，中国社会的许多方面已经并且正在发生巨大的变化。您能否从理论上系统地概括一下市场经济对整个社会所产生的影响？

俞：市场经济制度是对传统社会主义模式的根本性突破，它对整个中国社会的影响不啻于一场革命。我认为，市场经济体制对中国社会结构的最大影响将是导致一个新型的社会主义市民社会的崛起。事实上，这样一个新型的市民社会正在悄然出现。

记者：市民社会究竟是什么东西？您能否详细谈谈？

俞：市民社会亦称公民社会。它是对私人活动领域的抽象，它是与作为公共活动领域的抽象的国家相对应的。就其一般意义而言，它是指社会中各种私人利益关系的总和。它包括国家政治生活之外的所有社会秩序和社会过程。它通常只有在把政治国家当作自己的参照体系时才有意义。市民社会代表"私"，而政治国家则代表"公"。市民社会的显著特征在于，它是相对于政府而言的非官方的社会结构和过程，诸如各种民间组织机构、民众的社会运动、各种各样的利益集团等均属市民社会的范畴。

从分析的角度看，任何一个现代社会都可以分解成两个部分：市民社会和政治社会（即政治国家）。社会中的每一个独立的人都担当着双重角色，他既是市民社会的成员，也是政治国家的成员。依据其行为的不同性质，他分别活动于市民社会与政治国家两个领域中。例如，当个人作为政府的官员而履行公务时，他就是政治社会的成员；当政府官员为私人的利益而奔波时，他就成为市民社会的成员，如此等等。

从逻辑上说，自从国家产生后，社会就分裂为市民社会和政治社会两个部分。但是，在漫长的前现代化时期，市民社会与政治社会之间的界限模糊不清，甚至完全消失。国家几乎夺走了市民社会中的全部权力，整个社会生活都处于国家的直接控制之下，个人的私人利益缺乏基本的保障，随时都可能遭到政府的侵犯。因此，在前现代时期，市民社会与政治社会事实上是重合的，市民社会被湮没于政治国家之中。

市民社会的崛起或者说相对独立于政治国家，是现代化的结果。历史上的现代化是近代资本主义市场经济的产物，与此相适应，市民社会在历史上的第一次崛起也与资本主义市场经济关系的发展相伴随。在市场经济的条件下，财产关系开始摆脱政治国家的直接控制，包括经济生活在内的广大社会生活不再由政府直接管理，而主要通过各种市民社会组织来协调。于是，市民社会与政治国家的界线变得日益明确，一个相对独立的市民社会开始作为抗衡政治国家的基本力量而逐渐显现，并且开始从政治国家收回本来属于自己的部分权力。因此，历史上市民社会的崛起是资本主义市场经济的必然结果。

记者：依照您的观点，市民社会是市场经济的产物，资本主义的市场经济导致了资本主义的市民社会。那么是否可以由此推断，社会主义的市场经济也会导致一个社会主义的市民社会？

俞：是的。我认为无论从历史经验看还是从现存实践看，这一答案都应当是肯定的。

在中国，长期以来全社会高度政治化，国家权力无所不及，政府采取家长式的方式对社会生活实行全方位管理，人们看不到国家与社会之间的界限，市民社会消失于政治国家之中。这种体制严重地束缚了社会生产力的发展，妨碍了社会主义民主政治的进程。十一届三中全会以后，我们对这种传统社会主义模式进行了种种改革，其中的许多重大改革从某种意义上说正在促进着社会主义市民社会的产生，虽然我们在这样做时可能并没有意识到这一点。我们不妨举几个实例说明这一点。

（1）计划体制外经济的发展。改革开放以来，中国经济的迅速增长主要得益于计划体制外经济的发展，计划体制外经济主要包括乡镇企业、三资企业、私营企业和个体经济等，它们在国民生产总值中的比重迄今已逾 60%。这种经济的共同特点是摆脱了政府的家长式控制，而由市民社会中的经济实体经营和管理。

（2）政府权力的下放和职能的转变。政府权力的下放主要是指将部分权力移交给企业、社会和个人。政府转变职能的实际意义则是明确规定哪些是自己该管的，哪些是自己不该管的，不该管的就放手不管，政企分开即是政府转变职能的典型体现。我们不难感觉到，改革十多年来，随着政府的权力下放和职能转变，政府活动的范围正在日益缩小，而企业和个人的活动范围则在逐渐扩大。

（3）私人利益得到鼓励，产权概念开始明确。不鼓励甚至不承认私人利益是传统社会主义模式的最大弊端之一，它严重挫伤了人们的劳动积极性，阻碍了生产力的发展。过去 10 多年中我们一些最重大的改革举措几乎无不与鼓励私人利益相关：农村的联产承包责任制和城镇企业的各种承包制，说到底无非是将生产者的私人利益与其工作业绩直接挂起钩。在个人私人利益体系中，私人的财产所有权无疑具有核心的地位。近年来随着股份制的出现，产权概念变得日益明确，"恭喜发财"正在成为全社会的流行祝福语（其实际意义是鼓励个人取得更多的私人利益）。

（4）个人的生活方式开始远离政治。生活方式的政治化是全社会高度政治化的最显著特征之一。在以往相当长的时期中，人们穿什么和怎么打扮都被赋予一定的政治意义。打扮得花哨点就被认为是资产阶级的东西而被批判或遭到禁止等等。

近年来，类似这样的做法已经基本消失，人们私人生活的领域正在大大扩展。

我们还可以举出许多类似的例子，如不再搞全社会性的政治运动，将政治意识形态排除在某些领域之外，民间社团和基层自治组织的大量涌现，等等。所有这些变迁都表明，个人自由活动的空间已经明显增大，政治国家与市民社会之间的界限正在变得明晰起来，一个相对独立的市民社会正在中国逐渐显形。因此，在现存的社会政治理论框架中引入一个"社会主义市民社会"的概念已显得很有必要。研究社会主义的市民社会问题，已是中国社会科学工作者的一个紧迫课题。

记者：从根本上说，任何社会政治理论既始于现实，也终于现实。我想市民社会理论也不例外。从您上面的谈话中，我已明白了研究社会主义市民社会的现实依据。您能否再具体谈谈研究这一课题对中国特色社会主义现代化建设的实际意义？

俞：市民社会问题一直没有引起我国理论界的重视，这除了片面地理解马克思的有关理论，错误地把市民社会完全等同于资本主义社会之外，更主要的是现实的原因。长期以来，中国的市民社会被湮没于政治国家之中，国家与社会之间几乎没有界限，人们看不到市民社会的存在，故而无从研究。然而，改变这种状况的时机已经到来，一个新型的社会主义市民社会正伴随着市场经济来临，它呼唤着相应的理论的出现。不仅如此，研究社会主义市民社会对于解决我国社会主义现代化进程中出现的一些重大实际问题也有重要意义。

例如，转变职能是现行政府机构改革的重点，而转变政府职能的前提就是确立政府活动的适当范围。政府应当做些什么，不应当做些什么，这是确定政府职能的基本依据。要正确回答这些问题，就必须认真研究市民社会与政治国家的界限和它们各自的正当活动范围及其相互关系。任何从政治国家的单一角度对政府职能的孤立研究，都不可能从根本上解决上述问题。

又如，社会政治稳定是保证我国经济发展的重要条件，而维护社会政治稳定的根本途径就在于建立一个与社会主义政治国家相对应的市民社会，因为市民社会是政治国家的基础。为什么我们担忧政治动荡？为什么政治领导人的更换常导致政策的变更？说到底是因为我们还没有建立起一个健全的市民社会。在这样的情况下，政治国家中的一举一动都将直接影响包括经济生活在内的全部社会生活，政府的重大变动则会导致正常社会生活的扭曲。

再如，努力建设高度的社会主义民主是我国政治发展的根本方向，而高度民主最深厚的现实基础也在于一个健全的市民社会。健全的市民社会对于政治民主有两个根本的意义。其一，市民社会的主要特征之一是它的自治性，民主所要达到的最终目的也就是人民的自我管理，因而从某种意义上说，政治民主的发展过程也就是市民社会不断扩大而政治国家不断缩小的过程。其二，民主的实质意义是人民的统治，但是在现代民主国家中，人民的统治总是间接的，直接行使权力的是政府等机构。因而，就其现实性和操作性而言，民主的意义就是人民对政府的监督和制约。这种监督和制约只有在市民社会的力量足够强大时才能发挥出最大的效果。如果政治国家的力量过于强大而市民社会的力量极为弱小，那么，公民对政府权力的制约很难具有实质性意义。马克思曾经精辟地论证过代议民主制是建立在市民社会强大到足够与政治国家相抗衡的基础之上的，我坚信这一点对于社会主义的民主政治也是同样适用的。

原载《天津日报》1993 年 12 月 8 日

记者　李志华

中国特色公民社会的兴起

　　长期关注中国公民社会发展的俞可平教授，最近刚完成了一项"中国公民社会制度环境"的研究，对中国正在蓬勃发展的公民社会所遇到的问题做出了深刻的分析。

　　俞可平教授现任中央编译局副局长，兼任北京大学、清华大学、中国人民大学等校教授。作为一名出色的政治学者，他最早进行了经济全球化对社会政治生活特别是对治理方式影响的研究，提出经济全球化要求中国的治理方式从传统转向现代，应逐步确立和弘扬以民主和法治为核心的政治价值。

　　一般认为，中国较为成功的市场化改革改变了社会的形态。为了适应发展，中国需要一个蓬勃兴起的公民社会。俞可平教授是中国最早提出公民社会概念并对之进行深入研究的学者。2002 年 11 月，他出版了《中国公民社会的兴起与治理的变迁》一书。

　　日前，《21 世纪经济报道》就公民社会的重要性、民间组织的地位、中国公民社会的兴起以及未来的发展等问题，专访了俞可平教授。

一　公民社会和民间组织

公民社会就是国家或政府系统，以及市场或企业系统之外的所有民间组织或民间关系的总和，它是官方政治领域和市场经济领域之外的民间公共领域。

记者：俞教授，我们知道您是国内较早研究公民社会和民间组织的学者之一。最近一个时期来，"公民社会"似乎已经成为一个社会性的热门话题，但许多读者对这个概念的涵义并不十分了解。您能否解释一下什么是"公民社会"？

俞："公民社会"主要是一个与政治社会（国家）和经济社会（企业）相对应的概念，其主体是各种各样的民间组织。在中国学术界，"公民社会"常常又被称为"市民社会"和"民间社会"。它们是同一个英文术语 civil society 的三个不同中文译名。

虽然国内学者目前仍然交叉使用"市民社会"、"公民社会"和"民间社会"三个术语，但这三个不同的中文称谓事实上并不是完全同义的，它们之间存在着一些微妙的差别。"市民社会"是对 civil society 的经典译名，它来源于马克思主义经典著作的中译本。但这一术语在传统语境中或多或少带有一定的贬义，许多人事实上把它等同于资产阶级社会，而且容易把这里的"市民"误解为"城市居民"。"民间社会"最初多为历史学家在研究中国近代的民间组织时加以使用。这是一个中性的称谓，但在不少学者特别是在政府官员眼中，它具有边缘化的色彩。"公民社会"是改革开放后对 civil society 的新译名。这是一个褒义的称谓，它强调公民的公共参与和公民对国家权力的制约，越来越多的年轻学者喜欢使用这一新的译名。

在我看来，公民社会就是国家或政府系统以及市场或企业系统之外的所有民间组织或民间关系的总和。它是官方政治领域和市场经济领域之外的民间公共领域。公民社会的组成要素是各种非政府和非企业的公民组织，包括公民的维权组织、各种行业协会、民间的公益组织、社区组织、利益团体、同人团体、互助组织、兴趣组织和公民的某种自发组合等等。因为它既不属于政府部门（第一部门），又不属于市场系统（第二部门），所以人们也把它们看作是介于政府与企业之间的"第三部门"。

记者：在现实生活中我们更多听到的是"群众团体"、"人民团体"、"民间组织"、"非政府组织"、"非营利组织"这样一些概念。他们有什么异同呢？

俞：在目前的中国学术界，对民间组织的理解甚至比对公民社会的理解还要混乱不清。无论是学者的文章或政府的文件中，经常使用的关于公民社会组织的称呼有：非政府组织（简称 NGO）、非营利组织（简称 NPO）、民间组织、公民团体、中介组织、群众团体、人民团体、社会团体、第三部门组织、志愿组织等等。一般地说，这些不同称呼并无实质性的区别。但是从严格的语义来说，它们之间存在着不可不察的差别。这些概念从不同的角度强调了公民社会的某个方面特征。

"非政府组织"是至今仍广泛使用的一个重要概念。它的优点是强调公民社会组织的非官方性，表明公民社会组织不属于政府组织系统，明显不同于政府组织。但在中国的语境中，这一概念可能产生两种正好相反的歧义。一是认为只有那些重要的、正式的民间组织，才属于公民社会的范畴。因为非政府组织这一概念最初在中国的引入，与联合国宪章中涉及的国家间非政府组织在联合国的作用与地位相关，而国家间的非政府组织往往是十分正规的，并经过政府的正式批准，大量存在于社会中的非正式组织有可能被许多人排除在"非政府组织"视野之外。二是把"非政府组织"的"非政府性"理解成与政府没有关系，甚至理解为与政府对立。然而，耐人寻味的是，在中国的现实生活中，那些最重要的"非政府组织"恰恰与政府的关系最密切，有些直接就是"政府的非政府组织（GONGO）"。

"社会团体"或"社团"、"公民团体"、"公民组织"、"民间组织"等概念，也常用以指公民社会组织。借用这些概念可以比较清楚地表明公民社会组织的"社会性"或"民间性"，以区别于政府机关和企业组织。相对而言，这些概念的含义比较清晰，所表达的意义也比较准确。"社会团体"、"社团"等概念，强调了公民社会组织的社会性。"公民团体"、"公民组织"等概念强调了公民社会组织的政治性，因为公民

是一个由宪法界定的政治概念。"民间组织"概念突出了公民
社会组织的民间性,其外延可以涵盖上述各概念所要表达的主
要意义。因此,比较而言,这是一个表达公民社会组织的恰当
概念。

我的建议是,在谈及作为公民社会主体的组织或团体时,
尽可能地一致使用"民间组织"的概念,以避免在概念术语
上的不必要争议和混乱。

二 政府在公民社会中的角色

政府部门与公民社会对社会政治事务的合作管
理,是实现民主治理的关键所在。

记者:为什么您认为应该统一使用"民间组织"的概念?
"民间组织"的内涵是什么?

俞:作为公民社会主体的民间组织,指的是有着共同利益
追求的公民自愿组成的非营利性社团。

它有以下四个显著的特点:其一是非政府性,即这些组织
是以民间的形式出现的,它不代表政府或国家的立场;其二是
非营利性,即它们不把获取利润当作生存的主要目的,而通常
把提供公益和公共服务当作其主要目标;其三是相对独立性,
即它们拥有自己的组织机制和管理机制,有独立的经济来源,
无论在政治上、管理上,还是在财政上,它们都在相当程度上
独立于政府;其四是自愿性,参加公民社会组织的成员都不是

强迫的，而完全是自愿的。民间组织的这些特征，使得它们明显地区别于政府机关和企业组织。

此外，它还有非政党性和非宗教性的特征，即它不以取得政权为主要目标，也不从事传教活动，因而政党组织和宗教组织，不属于民间组织的范围。

记者：从您的解释中可以看到，民间组织与政府组织判然有别，但民间组织又必然要与政府发生这样那样的关系。那么，民间组织与政府应该是一种什么样的关系？

俞：在正常情况下，民间组织与政府应当是一种友好合作和互补合作的关系。市场经济和民主政治的发展，需要让公民和社会拥有更多的自治权力，而公民和社会的自治主要是通过民间组织得以实现的。因此，政府部门与公民社会对社会政治事务的合作管理，是实现民主治理的关键所在。

过去我们的政治理想是建立"善政"，现在我们把"善治"作为理想政治的状态。"善政"主要是指政府自身要好，而"善治"则是指全社会的治理状况要好。在现代条件下，要达到这样一种"善治"，政府同民间组织之间的合作就是必不可少的。

不过，也应当客观地看到，公民社会对治理的变化所起的作用既有积极的方面，也有消极的方面。对于政府而言，公民社会是一把双刃剑：政府的政策法规和行为措施得当，就容易使民间组织与政府合作，有利于社会的和谐与稳定；反之，民间组织与政府的合作就很困难，甚至会走到政府的对立面，危害社会的团结与稳定。如果对民间组织的管理不善，如果民间组织自身发育不好，如果民间组织发展的制度环境不健全，那么，它们对于社会和政府的消极作用甚至可能超过其积极作用。所以，我们在现实生活既可以看到大量民间组织促进民主政治，推动经济发展，有利社会团结的例子，也可以发现不少民间组织破坏社会稳定，不利于民主生活和阻碍经济发展的实例。

另外，社会上确实存在着一种误解，把"非政府性"曲解为与政府没有关系，或完全独立于政府，不受政府领导。事实上，这里的非政府性，主要是指它不属于政党和政府的组织系统，相对独立于党政权力机关，而不是指它完全与政府没有关系。民间组织同样也可以由政府创立，受政府引导，得到政府资助，与政府进行积极的合作。当然，也必然会有一些非政府组织不愿与政府合作，甚至与政府对立，从事反政府的活动。政府应当依靠法律的、行政的和经济的手段，积极培育与政府合作的民间组织，同时尽可能地防止反政府组织的产生，消除民间组织与政府的对立情绪。

三 中国公民社会的兴起

中国公民社会的兴起，是中国社会整体进步的重要表现。它不仅有助于推进中国特色的民主政治和政治文明进程，而且也有助于市场经济的健康发展。

记者：我们大家都注意到，改革开放后，形形色色的民间组织在我国社会中大量涌现。我们在日常生活中都能感觉到这一点，如各种业主委员会、俱乐部、维权组织和环保组织等。那么，目前中国究竟有多少个民间组织？它们在社会中起什么作用？

俞：改革开放以来，随着社会主义市场经济和民主政治的发展，各种各样的民间组织大量涌现，一个相对独立的公民社会正在中国迅速崛起，并且对社会的政治经济生活发生日益深刻的影响。

到底有多少个民间组织，没有统一的数据可以援引。民政部的统计是，到 2005 年 3 月，全国正式登记在册的各类民间组织约 28 万。但是，实际存在的数量远远高于这个数字。一些学者估计至少在 200 万个以上，有的估计甚至高达 800 万，我的估计是 300 多万个。

中国公民社会的兴起，是中国社会整体进步的重要表现。它不仅有助于推进中国特色的民主政治和政治文明进程，而且也有助于市场经济的健康发展，有助于提高中国共产党的执政能力，有助于构建社会主义和谐社会。

一个相对独立的公民社会在中国的产生和发展，直接得益于其制度环境的改善。从 20 世纪 80 年代以来，中国修改了宪法，进行了以党政分开、政企分开、政府职能转变、建设法治国家等为重要内容的政治体制改革，相继出台了一系列鼓励和规范民间组织的法律、规章和政策，转变了对公民社会的态度，所有这些都是直接促成公民社会迅速成长的制度因素。

记者：但我们也听到这样一些说法，认为公民社会是西方国家的舶来品，甚至是西方一些政治家对其他国家实行"颜色革命"的一种策略。您怎么看待这种观点？

俞：利用那些引人入胜的价值和理论来推行其霸权主义，是一些西方政客惯用的伎俩，但我们不能因噎废食、惧溺自沉。在这方面，我们记忆犹新，同时也教训深刻。

例如，西方一些政客把人权当作其推行霸权主义的工具，我们曾经因此而讳言人权，把它当作是资本主义的专利品。在相当长的一个时期内，谁倡导人权，似乎谁就是在宣扬资本主义的价值，就是在搞"西化"和"自由化"。"凡是西方人宣扬和倡导的，我们就坚决拒绝。"这种简单的思维方式才真正是上了西方那些别有用心的政客的当，因为那样会对我们的民族和国家带来不可估量的损失，这种损失无法用经济价值来计算。在公民社会问题上，我们决不能重蹈覆辙。

所有对中华民族的振兴和社会的进步真正负有责任感的学者和政治家，既要十分清醒地看到西方一些政客的政治用心，但更要看到，对付这些伎俩的有效办法，不是回避这些问题，而是采取正确的对策。我们必须及早认识到，公民社会是市场经济和民主政治的必然产物，中国推行社会主义市场经济和民主政治，就必然导致一个具有中国特色的公民社会。

改革开放后，一个相对独立的公民社会已经在中国迅速崛起，并且对完善市场经济体制、转变政府职能、扩大公民参与、推进基层民主、推动政务公开、改善社会管理、促进公益事业发挥着日益重要的作用。一个健康的公民社会是国家长治久安的重要基础，是社会团结和谐的基础，也是民主政治的基础。从某种意义上说，现代国家的成熟程度，与公民社会的发达程度是一致的。

同时也应当客观地看到，正如市场经济在中国刚实行不久，还很不规范、很不成熟一样，以民间组织为主体的公民社会也正处在生长发育阶段，远未定型和成熟。公民社会对治理的变化所起的作用既有积极的方面，也有消极的方面。因而，既不能漠视公民社会的作用，也绝不能过分夸大它的作用。绝不能以为，有了公民社会以后，政府就变得无关紧要。无论公民社会如何强大，政府始终是社会发展的火车头，在中国尤其如此。

记者：现在互联网生成许多以某种兴趣为主题的社区，"超级女声"活动中也出现有组织的"粉丝"。这些与公民社会有关系吗？

俞：我在前面说过，公民社会的主体是各种各样的民间组织，也就是公民的"结社"。结社自由是中国宪法规定的公民基本政治权利。公民之所以结社有许多动因，其中之一便是兴趣所致。建立在共同兴趣之上的民间社团，是民间组织的主要类型之一。随着公民利益需要的增多和民主政治的发展，公民的结社活动必然日益变得活跃。公民利益需求的增多，意味着公民结社的内在动力的增大，民主政治的进步则意味着公民外部自由活动空间的增大，现代的信息技术又为公民结社提供了先进的科技条件。网络团体的激增和"超女"现象的出现，无不证明这一趋势。

其实，改革开放以来，一个相对独立的公民社会就逐渐开始形成。最早在日常生活中感受到公民社会来临的并不是现在年轻人喜欢的"超女选秀"，而是城里那些离退休的老人们。你看，成群的老人们在早晨或傍晚，在公园或街旁，不是在练功健身，就是扭秧歌跳舞。他们背后既没有政府的组织，更没有公司的策划。但在一些热心老人的组织下，却井然有序。因此，不是像有人说的那样，"超女现象预言了公民社会的出现"。"超女选秀"只是表明现在年轻人也在日常生活中切身感受到了公民社会的存在。

不过我觉得，一些学者用"超女选秀"来简单类比中国的民主政治和公民社会运动，似乎并不十分恰当，因为日常生活毕竟与政治生活存在着实质性的区别，尤其在中国。认为"超女现象"为中国公民社会的出现提供了契机，更是一种误解。在这里，我还是要再次强调指出，公民社会是市场经济和民主政治的必然产物。中国推行社会主义市场经济和民主政治，就必然导致一个具有中国特色的公民社会的出现。公民社会的产生归根结底取决于市场经济和民主政治的发展。

四　具有中国特色的公民社会

在现代民主政治的条件下，一个健康的公民社会是和谐社会的必要基础。公民与政府的合作，是社会和谐的关键。

记者：您在上面谈到了"具有中国特色的公民社会"。在您看来，中国的公民社会与西方国家的公民社会相比有哪些不同？

俞：与西方国家相比，中国的市场经济和民主政治都有自己的特色，公民社会也必然有其自己的特色。我在20世纪90年代初就提出，与中国的社会主义市场经济和民主政治相适应，我们所要建设的是一个社会主义的公民社会。从目前的情况看，中国的公民社会大概有着以下几个明显的特征。

第一，中国的公民社会是一种典型的政府主导型的公民社会，具有明显的官民双重性。中国的民间组织绝大多数由党和政府创建，并受党和政府的主导，尤其是那些经过合法登记的有重要影响的民间组织，如各种行业组织、同业组织、研究团体、利益团体等。第二，中国的民间组织正在形成之中，具有某种过渡性。与西方国家的民间组织相比，它还很不成熟，其典型特征如自主性、志愿性、非政府性等还不十分明显。第三，与上述特征相适应，中国的民间组织还极不规范。第四，中国目前的民间组织的发展很不平衡，不同的民间组织之间在社会政治经济影响和地位方面差距很大。

记者：党中央正在倡导构建和谐社会。您觉得公民社会与和谐社会之间有着一种什么样的关系？

俞：在现代民主政治的条件下，一个健康的公民社会是和谐社会的必要基础。公民与政府的合作，是社会和谐的关键。

和谐社会需要家庭和睦、邻里团结、社会融合，但同样不可缺少的是政府与公民之间的团结合作。公民社会在构建和谐社会中有着不可替代的作用。在我看来，公民社会在构建和谐社会中能够发挥以下重要作用。

第一，随着社会主义市场经济和民主政治的推进，各种各样的民间组织正在不断涌现，它们已经成为社会生活和政治生活中不可忽视的重要力量。观察一下你周围的实际生活，你就可以发现，你周围的民间组织也不在少数，除了正式批准登记的村民组织、居民组织、社区组织外，还有大量的自发组织，如各种各样的业主委员会、维权组织、公益组织、互助组织、民间研究机构、松散的群众组织、利益团体、兴趣组织、形形色色的俱乐部等。它们对社会政治生活正在发生日益重要的影响。

第二，在利益已经多元化的现实条件下，构建和谐社会最大的挑战来自各种各样的利益冲突和利益矛盾，而越来越多的利益冲突的主体就是各种合法的或非法的、紧密的或松散的、长久的或临时的民间组织。无论从维护社会稳定、保障民主权利的角度，还是从邻里和睦、诚信友善的角度，都离不开做好各种民间组织的工作。

第三，就其性质和地位而言，民间组织是联结政府与公民的纽带和桥梁。我曾经讲过，政府与公民的合作，是社会和谐的实质性要素，也是所谓善治的本质。从古今中外的治理经验来看，政府与公民的合作，主要是通过民间组织实现的。政府与民间组织的合作，特别是对社会政治生活的共同管理，既是民主政治的基本要求，也是解决政府与公民直接或间接冲突的重要途径。

第四，民间组织深深地植根于民众之中，它们既是公民自治的主体，也是社会管理的主体。和谐社会是一个民主的社会。这里的民主，我的理解，主要指群众的广泛参与和自我管理。我们倡导的政治参与是一种有序的参与，也就是有组织的参与。除了政府的组织外，大量的应当是公民自己的组织，即民间组织。群众自我管理或公民自治，也不是无组织的，无秩序的，而是井然有序的，至少要求有一个管理或自治的主体，这个主体在许多情况下就是民间组织。同样，党中央提倡的完善社会管理体制，也必然涉及到民间组织，因为社会管理的主体主要是各种合法的民间组织。

总而言之，党和政府对民间组织应当既积极支持、热情帮助，又正确引导、合理规范，营造一个有利于公民社会健康成长的制度环境，防止民间组织成为政府的对立面，使公民社会更好地与政府合作，齐心协力建设一个民主、公平、善治、宽容的和谐社会。

五　破解"制度剩余"与
"制度匮乏"难题

　　建立"备案登记、法人登记、公益法人登记"的三级登记注册制度，从长远看是一个十分积极的建议，可以在中国逐渐推行。

记者：有些人反映，政府审批民间组织比较苛刻，甚至有些主管部门对民间组织存在不信任的情况。在您看来，政府在民间组织的审批和管理上应该持什么立场？

俞：政府的决策和管理部门对公民社会的认识、判断和态度，直接关系到制定什么样的政策法规。从总体上说，改革开放以来我们对公民社会采取了鼓励和肯定的态度，出台了不少相关的管理法规。这也是促使中国的民间组织得以迅速发展的基本制度环境。

但确实有一些党政官员对民间组织至今仍缺乏正确认识。有些人脱离改革开放后社会发展的实际，还没有看到一个相对独立的公民社会正在中国迅速崛起；有些人认为公民社会是西方的"舶来品"；有些人则把民间组织一概看成是抵制或对抗政府的异己力量；有些人看到民间组织在苏东剧变和东欧"颜色革命"中的反政府作用而感到十分害怕；有些人把民间组织简单地当作是政府部门的附属单位。一些官员对公民社会的最大误判，就是过分夸大了公民社会对中国的社会主义现代化建设和民主政治建设，特别是对加强中国共产党的执政能力的消极作用。他们认为，民间组织的发展壮大，势必会削弱党对社会的领导能力和管理能力，而目前中国公民社会在发展过程中暴露出来的种种问题，加上民间组织最近在中亚地区"颜色革命"中扮演的反政府角色，似乎正好证明了他们的这种判断。

这些看法不仅是错误的和片面的，而且对中国公民社会的健康发展相当有害。毫无疑问，中国的公民社会确实存在着许多问题。然而，必须承认的一个事实是，尽管民间组织存在着这样那样的问题，但就其主体而言，它们对于中国的现代化事业和民主政治建设是一支健康的和积极的力量，大多数民间组织都有着与党和政府合作的强烈愿望。

政府对民间组织应当采取积极培育、正确引导、合理规范、依法管理的基本策略。目前特别要做好以下几个方面的工作。首先，要正确对待各种民间组织。从总体上说，既不要敌视它，也不要忽视它；既不要惧怕它，也不要溺爱它；既不要放任它，也不要封堵它。既要看到公民社会兴起的必然性及其积极作用，也要清醒地看到它对国家治理和建设和谐社会所带来的挑战与问题。

其次，要抓紧修改完善相关法规政策，改善民间组织生长发育的法律制度，营造一个有利于社会主义公民社会健康成长的制度环境。

其三，要积极培育各种与政府合作、有利于促进社会公共利益、基层民主和公民自治的民间组织。

其四，政府要主动与各种合法的、健康的民间组织建立伙伴关系，充分发挥它们在社会管理、公民参与和构建和谐社会中的作用。

其五，要依法规范现存的各种民间组织，坚决取缔那些从事非法活动的社会组织，引导民间组织与政府合作，共同建设小康社会与和谐社会。

记者：为什么一方面很多法规和部门管制民间组织，另一方面却存在上百万没有注册或者在工商注册的民间组织？中国分级登记和双重管理的体制适合当前的形势吗？

俞：这是一个很突出的现实问题。一些专家早就发现，目前社会上存在的民间组织多半是未经登记的"非法"组织，有的是在工商部门登记的"企业"组织。造成这种不正常现象的主要原因，是制度环境的不完善。具体地说，就是在对民间组织的管理方面，"制度剩余"与"制度匮乏"同时并存。

一方面，在中国，关于民间组织的许多规定大量重复、交叉和繁琐。例如，对民间组织的管理，不仅有国务院颁布的《社会团体登记管理条例》和民政部颁行的实施细则，而且还有民政部与其他部委联合颁布的管理规定，或者由各部委单独制订的管理规定；一些地方政府也纷纷制定本地管理民间组织的实施办法，不仅省级政府或省级政府主管部门有各种"细则"和"规定"，而且地市级政府，甚至区县级政府也有各种"办法"和"意见"；不仅政府民政管理部门和业务主管部门制订了众多的法规、条例和规章，而且各级党委和政府也根据情况的需要不时发布一些重要的规范性文件和政策措施。类似的规章制度过多，造成了公民社会管理过程中的"制度剩余"。

然而，另一方面，在"制度剩余"的同时，民间组织的管理又存在着许多"真空"地带，主要体现在以下三点。其一是缺乏管理民间组织的一般性法律。目前管理民间组织所依据的主要是国务院的几个《条例》，它们是法规而不是正式的国家法律。仅有的几个涉及到民间组织管理的正式法律，如《工会法》等，也多半是专门法。中国至今没有一部管理民间组织的"母法"。其二是缺乏针对性和操作性的法规。例如，缺乏针对行业协会、专业性社团、学术性社团和联合性社团以及志愿者工作的分门别类的管理法规。其三是现行的一些管理条例在实际生活中已经较难适用。

正是上述这些原因造成了中国民间组织管理工作中政府"越位"、"失位"和"错位"的现象并存,并直接导致了以下结果:第一,许多本来可以作为公民社会积极力量的民间组织只能胎死腹中,不利于公民社会的健康成长;第二,大量民间组织不得不放弃在民政部门登记注册的努力,而转向工商机关作为企业组织进行登记注册,扭曲了民间组织的正常形态;第三,使不少民间组织干脆未经任何政府部门批准而自行成立,不受任何监管地在社会上活动,使中国公民社会的发展在一定程度处于失控的状态。

许多专家学者提出了改革现行审批登记制度的对策建议。例如,清华大学公共管理学院 NGO 研究所的学者提出,要在中国确立"备案登记、法人登记和公益法人登记"的三级准入制度。这一制度的要点是:首先,对所有民间组织开放备案注册平台,鼓励各种民间组织到政府民政部门进行备案注册,除非有明显的违法犯罪事实,对所有已经备案注册的民间组织给予合法存在的基本权利。其次,对于影响较大、活动范围较广、涉及公民政治参与或社会政治生活的重要民间组织,按照"规范的名称、必要的组织、固定的场所、专职人员、会员数量、资产经费、民事能力"等基本条件,实行强制性的审批登记制度,对符合条件审批合格的民间组织发放许可证,并赋予其社团法人资格。最后,对于那些从事社会公益事业的民间组织,在获得政府许可证的基础上,实行更加严格的公益法人认证,通过公益法人认证的民间组织应当享受国家在财政和税收等方面的优惠待遇，同时也接受更加严格的行政监管和社会监督。

在我看来，建立"备案登记、法人登记、公益法人登记"的三级登记注册制度，从长远看是一个十分积极的建议，可以在中国逐步推行。考虑到目前的实际情况，推行这一制度应当注意以下几点：第一，先在公民社会比较活跃的若干省市进行试点性改革，在取得经验后逐渐推广；第二，对三类不同性质的民间组织，实行从宽到严的资格审查和登记注册制度，给以不同的政策待遇，分别赋予其不同的责任和权利；第三，以实施备案登记为契机，对现存的各类民间组织，包括未经登记或不是在民政部门登记的社团，进行一次全面普查，以获得关于国内民间组织的基本信息；第四，备案登记的民间组织主要应限于规模小、活动范围小、不涉及重大政治问题的兴趣团体、同人团体、社区组织；第五，允许有特定的例外，如工会、青年团和妇联等中共中央和国务院特批的人民团体，应当继续享受免于登记注册的权利。

原载《21世纪经济报道》2005 年 12 月 5 日

记者　张立伟

动态稳定与和谐社会

记者：俞教授，维护社会稳定，建设和谐社会，是党中央确立的中国社会发展的重要战略目标。我们注意到，您对这两个问题均有研究，并且发表了相当独特的见解。例如，您提出了"动态稳定"的概念，认为"公平与善治是建设社会主义和谐社会的两块基石"，受到了广泛的关注。今天，我们想请您就这两个问题谈谈你的看法。

俞：谢谢。稳定与和谐有着不可分割的内在联系。在古今中外的任何国家中，稳定都是社会政治发展的基本价值。因为没有稳定，就意味着没有正常的社会秩序，就不可能有经济的迅速发展，不可能有公民的有序政治参与，也不可能有人民生活的安居乐业。因此，可以说，没有社会的稳定，我们就缺乏生活富裕和政治民主的基础。稳定也是和谐的前提，没有稳定，就没有和谐。和谐则是稳定的目标。我们之所以要维护社会稳定，是因为我们希望有一种平安、和睦的社会生活。其实，谁都想过一种平和、安宁的生活，谁都想国泰民安、风调雨顺。也就是说，谁都想稳定与和谐。问题是，怎么理解稳定与和谐，如何实现稳定与和谐。对这些问题，存在着不同的理解。

记者：我们知道，您对稳定的理解与流行的观点不同。您提出了动态稳定和现代稳定等新的概念。我们能否从这里谈起？

俞：经济繁荣和政治民主都必须有一个稳定的社会环境，一个动荡不定、秩序混乱的社会决不能产生高速增长的经济业绩。稳定是发展的前提，没有稳定就没有发展。但是，我们不能把稳定理解为绝对的静止不动和一成不变，那就是我说的"传统的稳定"。传统的稳定是一种静态的稳定，其主要特点是把稳定理解为现状的静止不动，并通过抑制的手段维持现存的秩序。但是，在市场经济和民主政治的条件下，我们所要达到的不再是一种"传统的稳定"，而是"现代的稳定"。市场经济和民主政治所要求的现代稳定则是一种动态的稳定，其主要特点是把稳定理解为过程中的平衡，并通过持续不断的调整来维持新的平衡。

动态稳定的实质，是根据多数公民的意愿和现实发展的需要，不断地打破现状，用新的平衡代替旧的平衡。所以，虽然动态稳定允许人们释放其对现状的不满，但决不像文化大革命时期那样的无序状态，而是使秩序由静止的状态变为一种过程的状态，成为一种动态的平衡。

记者：从您的论述中可以看出，静态稳定与动态稳定是两种不同的稳定观。您强调指出，在市场经济和民主政治的条件下，我们必须树立动态稳定的观点。那么，在您看来，如何才能实现动态稳定，或者说，实现动态稳定的要素有哪些？

俞：是的。静态稳定与动态稳定是两种不同的稳定观。这不仅体现在内涵和意义的差别上，也同样体现在达到社会稳定的现实途径的差别上。简单地说，达到传统的静态稳定的主要办法就是我们通常所说的"堵"，即简单的压制；而达到动态稳定的主要途径则是"疏"，即协商和谈判。

动态稳定，也是一种稳定，无非是过程中的平衡。因此，权威和秩序也是动态稳定的基本要素。动态稳定意味着，无论社会发生何种变化，社会始终有一个核心的政治权威，它有能力驾驭错综复杂的政治局面。它还意味着，无论社会变化如何之大，社会生活依然遵循着基本的秩序。当一种社会政治秩序被人民群众自觉认可和接受时，这种秩序就具有了政治学意义上的合法性，成为民心所向。这样一种秩序，也就是我们所追求的国家的长治久安。

政府垄断着国家的政治权力，但权力并不直接赞同于权威。对于动态稳定而言，权威比权力显得更加重要。政府必须有足够的权威，维护国家的主权和统一，维持社会的稳定，保证政令法令的通畅，这是发展经济和推进民主的前提条件。从根本上说，民主与权威并不矛盾。有权威才有稳定，有权威才有秩序，有权威才有效率，有权威才有权利。维护社会的稳定和秩序要靠法律和政府，但对于发展中国家而言，政府的权威往往比法律的权威还重要。

政府的权威是通过政府官员发挥作用的，因此，高素质的政治家是实现动态稳定的决定性要素。一位政治学家这样说，在高度发达的现代科学技术和通讯条件下，以维持现状来达到稳定，对于政治家来说是最不可取的。反过来就是说，只有明智的、自信的、成熟的政治家才会运用动态平衡来维持社会政治稳定。动态平衡对于政治家来说确实是一个严重的考验，它不仅要求政治家具有高超的驾驭全局、应付复杂情况和适应多变环境的能力，还要求他们具有强烈的现代意识、开放精神和创新思想。28 年前，邓小平同志勇敢地冲破"两个凡是"的束缚，把中国人民的思想和行为从教条主义的禁锢中解放出来，开启改革开放的宏伟大业，带领全党把工作重心从阶级斗争转移到经济建设上，走上建设中国特色社会主义现代化的道路，开创了全新的社会政治经济局面，平稳地实现了历史性的伟大转变。这应当被看作是一次用动态的平衡取代静止的平衡的范例。

记者：您形象地把"堵"和"疏"看作是实现静态稳定和动态稳定的不同途径，很有启发意义。这实际上涉及到了维护社会稳定的不同策略，十分重要。您能否结合社会生活的实际，再深入发表一下看法？

俞：以某些官员或某个政府机关违法侵犯公民的合法权益、引起公民对官员或政府机关的不满为例，我们可以有两种处理方法。一种是强行禁止公民表达其对某些官员或某个政府机关的不满，不许公民通过宪法和法律规定的合法手段来抵制违法官员或违法机关侵害公民权利的行为，用强制的方式来维持现存的政治平衡；另一种是让公民通过合适的渠道表达其不满，然后根据公民的不满和政治生活中新出现的问题及时调整公民－政府关系，用新的政治平衡去替代旧的平衡。前一种方式，就是以"堵"为主的静态稳定；后一种方式，就是以"疏"为主的动态稳定。

例如，在城市的拆迁过程中，一种做法是，政府的规定一发布，不管是否合理，不管百姓是否接受，有关居民必须在规定的期限前搬迁，否则便采取强制性措施；另一种做法是，在拆迁过程中如果遇到居民的不满与抗争，就依法认真听取居民的意见，如果原来的拆迁规定确实不合理，严重损害了搬迁户的利益，那就修改有关规定，确保居民的正当权益。这里，前一种方式就是我们所说的传统的静态稳定，后一种便是现代的动态稳定。

2006 年春节期间，北京市政府将烟花爆竹由禁放改为限放。这也是通过动态平衡，实现社会稳定的很好案例。不加限制地燃放烟火鞭炮，严重污染环境、人为增加噪音，并且带来身体的伤害，因此，政府应当进行必要的管制。对此的管制有两种方式：一种方式就是发布禁令，一概禁止燃放；另一种方式是在广泛听取群众意见的基础上，根据多数公民的意见，采取限放政策。不顾多数居民的意见，采取严格的禁放政策，这就是一种传统的稳定观。由于春节放烟火鞭炮是几千年的传统风俗，多数居民希望保留这一风俗，政府强行禁止的结果，就是形成这样一种尴尬的局面：百姓偷偷地放，政府法不责众；由于偷偷地放，烟花质量得不到保证，反而更容易受到伤害。

北京市政府通过召开听证会等途径，广泛听取居民的意见，在确信多数居民同意对烟花鞭炮开禁的情况下，决定改禁放为限放。同时从烟花鞭炮的质量把关、进货销售、燃放地点、燃放时间、卫生消防、医护救助等多个环节着手，把燃放烟花鞭炮对环境和身体的损害降到最低。限放政策第一年的实践证明，这是一个相当成功的政策：既满足了多数北京居民的愿望，又最大限度地降低了损害，重大的人员伤亡和火灾事故率反而比禁放时更低。这就是一种动态稳定观，通过与公民的协商和互动，改革原来一味禁止的政策，既满足了多数民意，又维护了社会秩序。从这一案例中可以清楚地看到，动态稳定对政府的要求更高，政府的付出也要更大。因此，从某种意义上说，动态稳定是一种以人为本、以民为本的稳定观。

记者：从您刚才列举的动态稳定的实例中，我们可以得出这样一个结论：动态稳定是一种运动中的平衡，它可能要打破现状的均衡，而这一点很可能是令人担忧的地方。打破现状不就是破坏稳定吗？您如何看待人们可能产生的这种担忧？什么办法有助于确立动态稳定的机制？

俞：对。旨在实现动态稳定的改革可能会破坏现状，但破坏现状不意味着社会的不安定。打破原来的平衡，是为了达到新的平衡，而且这种新的平衡是为了达到一种多数人能够接受和认可的新的社会秩序。因此，设计良好而条件成熟的改革举措，更可能意味着新的平衡状态的到来。这种新的平衡状态可能更有利于经济的发展和社会的安定。这样的改革，不仅不会影响社会的秩序，而且从长远看，从整体看，它会更有利于经济的发展和人民的安居乐业。判断哪一种平衡更有利于社会的稳定，关键是看哪一种平衡更有利于多数人的利益。这就要充分听取民意，让公民有畅通的渠道表达其意愿，特别是公民对政府政策的真实态度，因而，民主机制是实现社会动态稳定的现实基础。

记者：中央提出了构建社会主义和谐社会的战略目标。您在开头说过，稳定是和谐的基础，实际上已经谈到了和谐社会。您是一位政治学家。您能否从政治学的角度谈谈对和谐社会的看法？

俞：一般来说，和谐社会是社会的各种要素和关系相互融洽的状态，归根结底，是人与人、人与自然的和睦相处。和谐社会是一个内涵相当丰富的概念。它涉及到人与人之间、人与社会、公民与政府、人与自然等多重关系，涵盖了人们的经济生活、政治生活、文化生活和日常生活。它既包含了人与人之间的关系，也包含了人与自然之间的关系。通俗地说，它既要政通人和，又要风调雨顺。但具体地说，在不同的社会历史条件下，和谐社会的基本要素和评判标准也各不相同。因而可以从不同的角度去认识和理解和谐社会，并提出建设和谐社会的不同途径，在这里我仅从现代民主治理的角度谈谈对和谐社会的一点认识，可称为现代民主治理视野下的和谐社会观。

胡锦涛同志在谈及社会主义和谐社会时，提出了六个要素，即民主法治、公平正义、诚信友爱、充满活力、安定有序、人与自然和谐相处。这六个要素中，后四个要素是中国古代的和谐社会思想中就拥有的，前面二个要素则是传统的和谐社会思想所没有的。我记得，"北京共识"概念的主要倡导者雷默先生有一次对我说，原来以为胡锦涛先生提倡的和谐社会，与中国古代的和谐社会没有什么区别，但是没有想到胡锦涛先生把民主法治和公平正义当作社会主义和谐社会的最重要内容。他还说，许多人西方人也不了解这一点，他要向西方学者和政治家强调这一点。我认为，这两个要素不仅是今天我们倡导的社会主义和谐社会与传统的和谐社会的实质性区别，而且在所有和谐社会的要素中也是最重要的。

记者：说到这里，我记得您在一些文章和演讲中强调指出，善治与公平是社会主义和谐社会的两大基石。您的这一论断，是否也与胡锦涛同志突出民主法治与公平正义的和谐社会思想有关？

俞：当然有关。我认为，和谐社会涉及到政治、经济、伦理、环境等社会生活的各个方面，建设和谐社会是一个系统工程，需要各个方面的共同努力。从总体要求来看，主要是努力发展经济，提高全体人民的生活水平，不断增强社会和谐的物质基础；关心群众疾苦，做好群众工作，密切干部群众的关系；调动一切积极因素，团结一切可以团结的人，增强全社会的凝聚力和创造力；协调好各方面的利益关系，努力实现财富和权益在全体社会成员之间的合理分配，避免重大的利益冲突，维护和实现社会公平和正义；倡导社会公共道德，弘扬优秀的传统文化，营造团结合作的社会氛围以及和睦相处的人际环境；发扬民主，推进法治，扩大参与，完善利益冲突的调节机制，依靠法律和制度来维护社会稳定和生活秩序。

但我一直认为，在上述诸多方面中，民主法治与公平正义具有特别重要的意义。它们是今天我们建设社会主义和谐社会的基础。将民主法治与公平正义作为社会主义和谐社会的基本要素，抓住了在社会主义市场经济和民主政治条件下建设和谐社会的关键。民主法治的理想状态即是善治。所以，我说，善治和公平是和谐社会的两块基石。

记者：现在对社会公平讲得较多，大家都好理解，但对善治可能有些陌生。我们知道您是中国善治理论和实践的主要倡导者。您能否对此再做一点解释？

俞：我们自古就有"善政"、"仁政"的理想，"善政"、"仁政"讲的是政府要亲民爱民、官员要廉洁清明等等。总之，是讲政府自身要完美、自己要做得好。但是在现代民主政治的条件下，政治生活属于公共领域，国家的管理不光是政府官员的事，也是公民个人的事。公民参与公共政治生活的管理，这是民主政治的基本要求。这样，政府自身的完美尽管至关重要，但却远远不够。政府必须与公民合作起来，共同把国家管理好，这就是善治。善治即是使公共利益最大化的社会管理过程和管理活动。善治的本质特征，就在于它是政府与公民对公共生活的合作管理，是政治国家与公民社会的最佳关系。

建设一个和谐社会，必须协调好各种社会关系，其中最为重要的是政府与公民的关系。家庭的和睦、邻里的团结、社区的合作，所有这些对于和谐社会都极为重要，但最重要的是政府与公民的合作与信任。你想，一旦发生家庭纠纷、邻里不和、社区矛盾，政府有责任也有能力去调解。但要是公民与政府互不信任、互不合作，甚至相互对立、严重冲突，那就很难办，对社会的消极影响就要大得多。那样的话，纵使人际环境最好，也不可能有真正的社会和谐。因此，"政通人和"在现代条件下更加重要，只是我们现在所要的"政通"，其实就是民主的治理。总而言之，一个和谐的社会，应当是一个公共利益最大化的社会，一个公民与政府良好合作的社会，一个政治参与和政治透明程度较高的社会。换言之，和谐社会应当是一个民主的社会、善治的社会、法治的社会。

记者：善治与公平既然对和谐社会建设是如此重要，那么，依您的看法，我们如何才能实现善治与公平？

俞：就善治而言，我认为重要的是要努力做到以下几点：第一，要努力扩大公民参与公共事务和政治生活的范围，提高公民的政治参与和社会参与程度。第二，努力增大政府行为的合法性（legitimacy）。这里的合法性不是法学意义上的合法性（legality），而指的是社会秩序和权威被自觉认可和服从的性质和状态。第三，大力推进社会主义法治国家建设，真正做到依法治国，司法公正，在法律面前人人平等。第四，提高党政权力机关的责任性，努力锻造一个责任政府。第五，建设服务政府，扩大政府公共服务的范围，为社会提供更多的公共服务，不断提高公共服务的质量。第六，不断提高政治透明度，建设透明政府。第七，提高公共管理机关的廉洁程度，建设廉洁政府。

社会公平就是社会的政治利益、经济利益和其他利益在全体社会成员之间合理而平等的分配。它意味着权利的平等、分配的合理、机会的均等和司法的公正。要实现这样的社会公平，目前尤其需要做到以下几点：其一，维护和实现社会公平必须具备现实的社会经济条件和切实可行的政策措施。其二，维护和实现社会公平必须处理好公平与效率的关系，达到公平与效率的有机统一，既避免社会差距悬殊，又防止平均主义倾向。其三，维护和实现社会公平必须正确处理好社会的经济生活与政治生活之间的相互关系，防止由经济不平等所致的政治不平等和社会不公正。其四，市场经济不能自发导致社会公平，政府行为则是实现社会公平的主要手段，各级政府应当把维护和实现社会公平当作自己的主要任务和道义责任，使社会的经济、政治和文化等各个方面协调发展，努力实现经济的持续增长和社会的全面进步。

记者：我们还注意到，您从现代民主治理的角度谈到和谐社会时，提出了"和谐社会是一个理想的社会和多元的社会"的观点。怎么理解"和谐社会"是一个"理想社会"和"多元社会"？

俞：我说过，从现代民主治理的视角看，今天我们所要建设的社会主义和谐社会，应当是一个理想的社会、多元的社会、宽容和友善的社会、民主和善治的社会、法治和秩序的社会、公平和正义的社会、诚信的社会、可持续发展的社会。

说"和谐社会"是一个"理想社会",有两重意思。第一重意思是说,和谐社会自古以来,就一直是人类的理想。使社会变得更加和谐,这本来就是人类所追求的基本价值。政通人和、和衷共济、和睦相处、和谐有序、尚同一义、博爱互助、天人合一等等,既是中国古人追求的"大同世界",也是西方人向往的"理想国"。马克思主义所追求的共产主义社会则是人类迄今最理想的和谐社会:按照马克思的设想,在共产主义社会,阶级差别、城乡差别、工农差别完全消灭,私有制和社会分工带来的不平等和社会冲突不复存在,人性得以完全解放,人们的创造力获得充分释放。可见,使社会更加和谐,一直就是人们孜孜不倦追求的东西,是人类的理想目标。第二重意思是说,作为一种理想,和谐社会既非遥不可及,也非指日可待。它是我们通过努力可以实现的社会发展目标,但也不能像计划和测算小康社会那样来计划测算到哪一年我们就可以实现和谐社会。

说"和谐社会"是一个"多元社会",也有两重意思。一是强调我们现在已经处于一个利益多样化的多元社会,绝对一元化的时代已经永远成为历史。任何社会发展目标的设定,必须从这样一个基本事实出发。二是强调我们所要建设的和谐社会,不是简单划一的大一统社会,而是古人讲的"和而不同"。多元社会事实上是利益多样化的社会,它是市场经济的必然结果,也是民主政治的必然要求。在市场经济逻辑的作用下,社会利益分配或迟或早会在城乡之间、地区之间和个人之间出现分化，不同的利益群体开始逐渐形成，它们之间的利益冲突往往是不可避免的。不同的利益群体一经形成，它们不仅有经济上的要求，而且必然会产生出相应的政治要求和其他社会要求。它们需要有合法的正常渠道来表达其利益要求，并要求国家的政治决策充分体现其利益需要。因此，一方面，政府和社会应当为不同的利益群体提供畅通的利益表达渠道，使得处于不同利益群体中的个人有机会申诉其愿望和要求；另一方面，政府必须协调各种利益矛盾，使人与人、群体与群体之间和睦相处。

原载《中国特色社会主义研究》2006 年第 3 期

记者 陆 焱

公民社会对构建和谐社会的
重要意义

记者：前一段时间，俞先生是否关注了湖南卫视超级女声大赛？互联网也有很多有独到见解的评论文章围绕"超女"展开。如《超级女声与公民社会》、《超级女声与民主制度建设》、《超级女声票选中的理想光芒》等，其中心思想可以做如下概括："超女"已经不仅仅是一场娱乐选秀运动，它体现了民意的多元化，在某种程度上预言了"公民社会"的出现。"超级女声"为中国公民社会的出现提供了契机，折射着民众的意志，如此种种。

俞：我也看了几场"超女"比赛，并且注意到了学术界对"超女现象"的讨论。其实，改革开放以来，一个相对独立的公民社会就逐渐开始形成。最早在日常生活中感受到公民社会来临的并不是现在年轻人喜欢的"超女选秀"，而是城里那些离退休的老人们。你看，成群的老人们在早晨或傍晚，在公园或街旁，不是在练功健身，就是扭秧歌跳舞。他们背后既没有政府的组织，更没有公司的策划。但在一些热心老人的指挥下，却井然有序。因此，不是像有人说的那样，"超女现象……预言了公民社会的出现"，"超女选秀"只是表明：现在年轻人也在日常生活中切身感受到了公民社会的存在。不过我觉得，一些学者用"超女选秀"来简单类比中国的民主政治和公民社会运动，似乎并不十分恰当。因为日常生活毕竟与政治生活存在着实质性的区别，尤其在中国。认为"超女现象"为中国公民社会的出现提供了契机，更是一种误解。因为公民社会的产生，归根结底，是市场经济和民主政治的产物。

记者：看来，您理解的"公民社会"与一些人说的公民社会不完全是一回事，那么作为国内外有影响的知名学者，您能否在这里谈谈"公民社会"的概念呢？

俞：在中国学术界，"公民社会"常常又被称为"市民社会"和"民间社会"。它们是同一个英文术语 civil society 的三个不同中文译名。虽然国内学者目前仍然交叉使用"市民社会"、"公民社会"和"民间社会"三种用法，但这三个不同的中文称谓事实上并不是完全同义的，它们之间存在着一些微妙的差别。"市民社会"是最为流行的术语，也是对 civil society 的经典译名，它来源于马克思主义经典著作的中译本。但这一术语在传统语境中或多或少带有一定的贬义，许多人事实上把它等同于资产阶级社会（bourgeois）。"民间社会"最初多是中国台湾地区学者对 civil society 的翻译，为大陆历史学家所喜欢，在研究中国近代的民间组织时这一称谓被广为作用。这是一个中性的称谓，但在不少学者特别是在政府官员眼中，它具有边缘化的色彩。"公民社会"是改革开放后对 civil society 的新译名，这是一个褒义的称谓，它强调 civil society 的政治学意义，即公民的政治参与和公民对国家权力的制约，越来越多的年轻学者喜欢使用这一新的译名。

关于公民社会，各国学者提出了许多不同的定义，它们大体上可以分为两类，一类是政治学意义上的，一类是社会学意义上的。两者都把公民社会界定为民间的公共领域，其主体是各种民间组织，但强调的重点不同。政治学意义上的公民社会概念强调"公民性"，即公民社会主要由那些保护公民权利和公民政治参与的民间组织构成。社会学意义上的公民社会概念强调"中间性"，即公民社会是介于国家和企业之间的中间领域，或者说是"第三部门"。按照我的理解，公民社会就是国家或政府之外的所有民间组织或民间公共领域的总和，其组成要素是各种非国家或非政府所属的公民组织。

记者：民间组织是公民社会的主体。您能否详细解释一下什么是民间组织？它有什么特征？

俞：民间组织有不同的称呼，如非政府组织、非营利组织、社会组织、群众组织、社会团体、人民团体、第三部门、志愿组织、中介组织、公民组织、公民社会组织等。

作为公民社会主体的民间组织有以下四个显著的特点。其一是非政府性，即这些组织是以民间的形式出现的，它不代表政府或国家的立场；其二是非盈利性，即它们不把获取利润当作生存的主要目的，而通常把提供公益和公共服务当作其主要

225

目标；其三是相对独立性，即它们拥有自己的组织机制和管理机制，有独立的经济来源，无论在政治上、管理上，还是在财政上，它们都在相当程度上独立于政府；其四是自愿性，参加公民社会组织的成员都不是强迫的，而完全是自愿的。民间组织的这些特征，使得它们明显地区别于政府机关和企业组织。

记者：我看了一些资料，许多专家在研究公民社会时，追溯到古罗马时代。哈佛大学著名政治学者帕特南（Robert Putnam），早年在对意大利的研究中指出，之所以意大利北部各邦政府优良，民主完善，而南部各邦完全相反，就在于北部各邦的公民社会非常发达，民间活动十分活跃。那里的市民都广泛参与各种社团，包括合唱团、足球俱乐部、读书会等。在这些社团里，他们交流信息、讨论社区事务、政治、经济、社会问题等等，并在组织各种活动中锻炼管理事务的能力。最重要的是，他们形成良好的民主观念，积极参与地方和国家的事务。是否可以得出这样的结论：公民社会对社会具有良性促进作用？

俞：是的。各国学者的研究发现，一个健康的公民社会是国家长治久安的重要基础，是社会团结和谐的基础，也是民主政治的基础。公民社会是公民自我管理的领域，而且这种管理又带有公共性。因为公民社会不是家庭和企业，是民间的公共领域。从某种意义上说，现代国家的成熟程度，与公民社会的发达程度是一致的。

记者：现在党中央正在倡导构建社会主义和谐社会，一个健康的公民社会对我们构建和谐社会究竟有什么意义呢？

俞：构建社会主义和谐社会，是一项长远而复杂的系统工程，涉及到政治、经济、文化、生态等诸多方面，需要各级党政机关和全体居民的共同努力。我们可以从各种不同的角度提出构建和谐社会的种种建议和对策。例如，生态保护、基层民主、利益分配、矛盾调解、社区建设、社会保障、就业安置、综合治安等。但我在这里想特别强调，民间组织在构建和谐社会中的重要作用。这是出于以下几点考虑。

第一，随着社会主义市场经济和民主政治的推进，各种各样的民间组织正在不断涌现，它们已经成为社会生活和政治生活中不可忽视的重要力量。民政部门登记的民间组织在全国只有几十万个，但我们的调查发现，大量的民间组织是未经民政部门登记或批准的。根据一些学者调查，全国各种民间组织有数百万之多。观察一下你周围的实际生活，你就可以发现，你周围的民间组织也不在少数。除了正式批准登记的村民组织、居民组织、社区组织外，还有大量的自发组织，如各种各样的业主委员会、维权组织、公益组织、互助组织、民间研究机构、松散的群众组织、利益团体、兴趣组织、形形色色的俱乐部等。它们对社会政治生活正在发生日益重要的影响。

第二，在利益已经多元化的现实条件下，构建和谐社会最大的挑战来自各种各样的利益冲突和利益矛盾，而越来越多的利益冲突的主体就是各种合法的或非法的、紧密的或松散的、长久的或临时的民间组织。无论从维护社会稳定、保障民主权利的角度，还是从邻里和睦、诚信友善的角度，都离不开做好各种民间组织的工作。

第三，就其性质和地位而言，民间组织是联结政府与公民的纽带和桥梁。我曾经讲过，政府与公民的合作，是社会和谐的实质性要素，也是所谓善治的本质。从古今中外的治理经验来看，政府与公民的合作，主要是通过民间组织实现的。政府与民间组织的合作，特别是对社会政治生活的共同管理，既是民主政治的基本要求，也是解决政府与公民直接或间接冲突的重要途径。

第四，民间组织深深地植根于民众之中，它们既是公民自治的主体，也是社会管理的主体。和谐社会是一个民主的社会。这里的民主，我的理解，主要指群众的广泛参与和自我管理。我们倡导的政治参与是一种有序的参与，也就是有组织的参与。除了政府的组织外，大量的应当是公民自己的组织，即民间组织。群众自我管理或公民自治，也不是无组织的，无秩序的，而是井然有序的，至少要求有一个管理或自治的主体，这个主体在许多情况下就是民间组织。同样，中央提倡的完善社会管理体制，也必然涉及到民间组织，因为社会管理的主体主要是各种合法的民间组织。

记者：既然民间组织对建设和谐社会的作用如此重要，那么，我们应当如何对目前社会中大量存在的民间组织采取什么样的态度呢？

俞：总的说来，就是要积极培育、引导和规范各类民间组织。民间组织已经成为影响我国社会政治生活的重要因素，改革开放以来，党和政府日益重视发挥它们的作用，并且相继出台了一些管理办法。应当肯定地说，从总体上说，目前我国的民间组织在建设社会主义民主政治和政治文明、构建社会主义和谐社会中正在发挥十分积极的作用。但是，毋庸讳言，我们在培育、引导、规范和发挥民间组织的作用方面，还存在着许多急需解决的问题。例如，从党和政府的方面看，我们有的干部对民间组织的认识还不到位，相关政策法规不完善，民间组织的制度环境需要改善；从民间组织自身看，则良莠难分、管理失范、方向不明，合法的与非法的并存、体制内的与体制外的并存、营利的与非营利的并存、有形的与无形的并存。这种状况与构建社会主义和谐社会的要求极不适应，必须切实采取措施加以改进。

首先，要正确对待各种民间组织，从总体上说，既不要敌视它，也不要忽视它；既不要惧怕它，也不要溺爱它；既不要放任它，也不要封堵它。既要看到公民社会兴起的必然性及其积极作用，也要清醒地看到它对国家治理和建设和谐社会所带来的挑战与问题。

其次，要抓紧修改完善相关法规政策，改善民间组织生长发育的法律制度，营造一个有利于社会主义公民社会健康成长的制度环境。

第三，要积极培育各种与政府合作、有利于促进社会公共利益、基层民主和公民自治的民间组织。

第四，政府要主动与各种合法的、健康的民间组织建立伙伴关系，充分发挥它们在社会管理、公民参与和构建和谐社会中的作用。

第五，要依法规范现存的各种民间组织，坚决取缔那些从事非法活动的社会组织，引导民间组织与政府合作，共同建设小康社会与和谐社会。

记者：从您刚才的论述中可以得出一个明确的结论：公民社会的形成对党中央提出的构建和谐社会目标有着积极的促进作用。然而，我们的直观感觉是，公民社会是一个利益和追求多样化的社会，而和谐社会难道也是一个多元社会？

俞：那是无疑的。和谐社会也是一个多元的社会。多元社会事实上是利益多样化的社会。它是市场经济的必然结果，也是民主政治的必然要求。和谐社会是一个合作和宽容的社会。和谐社会需要一种宽容的氛围和精神，要容忍各种不同利益关系的存在，尊重别人所做出的不同选择，特别要保护少数群体和困难群体的合法权益。要建立一个和谐社会，尤其要倡导宽容、谦让、奉献的社会公共道德，营造团结友爱、互助合作的社会氛围以及和睦相处的人际环境。从这个意义上说，和谐社会不仅是一个宽容的社会，也是一个团结的社会、互助的社会、合作的社会。

记者：前面所说的公民社会可以促进民主和善治。这与和谐社会的本质特征也是一致的吗？

俞：和谐社会是一个民主和善治的社会。善治即是使公共利益最大化的社会管理过程和管理活动。善治的本质特征，就在于它是政府与公民对公共生活的合作管理，是政治国家与公民社会的最佳关系。建设一个和谐社会，必须协调好各种社会关系，其中最为重要的是政府与公民的关系。和谐社会当然需要人人友爱、家庭融洽、邻里团结、社区敦睦。但是，如果公民与政府处于互不信任、互不合作，甚至相互对立的状态，纵使人际环境再好，也不可能有真正的社会和谐。因此，一个和谐的社会，应当是一个公共利益最大化的社会，一个公民与政府良好合作的社会，一个政治参与和政治透明程度较高的社会。

记者：有人担心，公民社会的多元化状态是否会导致社会混乱和无序？

俞：社会生活的和谐，必须有稳定安宁的社会政治环境和有条不紊的社会生活秩序。在现代的市场经济和民主政治条件下，社会生活的井然有序不能再建立在"传统的稳定"之上，而是建立在"现代的稳定"之上。传统的稳定是一种静态的稳定，其主要特点是把稳定理解为现状的静止不动，并通过抑制的手段维持现存的秩序。与此不同，市场经济所要求的现代的稳定则是一种动态的稳定，其主要特点是把稳定理解为过程中的平衡，并通过持续不断的调整来维持新的平衡。维持公民社会秩序的基本工具就是法律和制度，那么，和谐社会也是一个法制健全的公民社会。

记者：公民社会的特征是公平。这与和谐社会的特征应该是一致的吧？

俞：真正的和谐社会必然是一个公平的社会，一个健全的公民社会也必须建立在平等的原则之上。社会和谐的一个重要基础，是各种政治和经济利益在全体社会成员之间合理而平等的分配。因此，社会公平是社会和谐的基石。社会公平就是社会的政治利益、经济利益和其他利益在全体社会成员之间合理而平等的分配。它意味着权利的平等、分配的合理、机会的均等和司法的公正。这样的社会公平是社会主义的本质要求，是衡量社会全面进步的重要尺度，也是社会主义和谐社会的深厚基础。

记者：从互联网上讨论"公民社会"的热烈程度来看，近些年来，公民社会的形成和发展也得到了社会的普遍承认。我注意到，您曾经专门就中国公民社会的兴起与治理的变迁做过研究。您能否简单地谈谈这方面的结论？

俞：是的。我专门研究过公民社会的兴起与中国政治生活变化之间的关系。我的结论是，民间组织的兴起从以下几个方面对中国的政治发展产生了重要的影响。

首先，公民社会的兴起奠定了基层民主特别是社会自治的组织基础。以直接选举、村民自治和社区自治为主要内容的基层民主的扩大，是中国 20 世纪 80 年代以来最重要的政治发展，而所有这三个方面都离不开农村的村民委员会和城市街道的居民委员会。村民委员会和居民委员会分别是农村和城市的自治组织。它们由城乡居民自愿选举产生，是非政府的民间组织。正是这两个中国农村和城镇最广泛的民间组织，日益成为基层民主最重要的载体。在保护村民和市民的利益、管理农村和街道事务、协调公民和政府的关系、组织公民参与政治选举等方面，这些民间组织具有不可替代的作用。

其次，正在兴起的中国民间组织是沟通政府与公民的一座重要桥梁。善治的实质在于政府与公民的良好合作，但这种合作并不总是直接的，相反它常常需要一个中介组织的协调，民间组织就是这样一个中介。一方面，各种民间组织及时把其成员对政府的要求、愿望、建议、批评集中起来，然后转达给政府；另一方面，又把政府的政策意图和对相关问题的处理意见转达其成员。民间组织在这一利益表达和利益协调过程中，推动了政府与公民的合作，促进了善治。例如，城镇的一些社区组织在遭遇噪声污染和水污染时，代表社区成员向政府有关部门反映环境污染的情况，要求政府出面干预作为污染制造者的企业，制止污染的释放。

再次，20世纪80年代后成长起来的众多的民间组织已经成为影响政府决策的重要因素和推动政府改革的强大动力源。许多民间组织，尤其是那些专业性学术研究团体，具有丰富的专业知识，越来越多的专业社团开始承担起政府智囊的角色，为政府决策提供咨询和参谋，从而对政府决策产生重要影响，推动了政府的决策民主化。政府的改革既需要内部的动力，更需要外部的动力。推动政府改革的外部动力，既有来自公民个人的，也有来自民间组织的，而且后者通常要比前者更强大。

第四，民间组织积极投身于社会公益事业，改善了政府的形象，增强了公民的政治认同感。发展公益事业是政府的责任，但是某些公益事业由政府直接出面组织实施可能达不到最好的效果，在这方面民间组织有着不可替代的作用。例如，在赈灾救灾、扶贫济困、帮助妇女儿童和老弱贫残等方面，如中华慈善总会、宋庆龄基金会、中国青少年基金会等民间组织发挥了极大的作用。这些民间组织的所作所为改善了社会的形象，缓解了政府和公民的关系，增大了公民对民族国家的认同。

第五，民间组织对政府行为构成了有力的制约。政府的权力和行为必须受到一定的制约。改革开放前，对政府行为的制约主要来自政府内部的权力制衡。民间组织大量生长起来后，政府开始受到来自外部的制约。一些民间组织在发现本地或本部门的政府政策明显不合理或违反国家法律后，有组织地抵制这些政策，在许多情况下政府迫于民间组织的压力往往能够改变原来的政策。民间组织越是强大的地方，政府的压力就愈大，它往往必须愈加小心办事。一个明显的例证是，在村民委员会十分健全和强有力的农村，乡镇干部的违法乱纪的现象就要比其他农村少得多。

记者：许多人担心，中国的土壤到底适合不适合公民社会的生长、一个相对独立的公民社会究竟对中国的政治发展有多大的作用？因为在中国，一方面，公民社会的发育并不健全；另一方面，政府的作用太强大。您如何看待这一问题？

俞：这也是我最后想强调指出的两点看法。

第一，一个相对独立的公民社会是中国实行社会主义市场经济和推进社会主义民主政治的必然结果。正如市场经济在中国刚实行不久，还很不规范，很不成熟一样，以民间组织为主要载体的公民社会也正处在生长发育阶段，远未定型和成熟。随着社会经济生活的深刻变化，中国的政治生活也发生了并且正在发生深刻的变迁，包括治理的变迁。我们必须看到，公民社会对治理的变化所起的作用既有积极的方面，也有消极的方面。因此，对待公民社会的正确态度应当是，既积极培育扶持，合作互补，又要加强管理和规范，引导其向健康的方向发展。

第二，政府部门与民间组织对社会事务的合作管理，是实现善治的基本途径。但是，在中国特定的背景下，政府无论在培育公民社会，还是在推进善治的过程中，作用尤为重要。切不能以为，有了公民社会以后，政府就变得无关紧要。相反，政府始终是社会发展的火车头，善政在目前仍然是善治的关键。在构建社会主义和谐社会方面，政府依然要起模范表率作用。

记者：谢谢您在百忙之中为我刊发表的独到而深刻的见解！

原载《社科论坛》2005 年第 3 期

记者　林锡江

附录　俞可平与中国改革政治学研究①

金太军*　闫健**

人 物 简 介

俞可平　教授，政治学、哲学双学科博士生导师。浙江诸暨人。1981 年毕业于浙江师范学院绍兴分校（现为绍兴文理学院）政史专业，1984 年毕业于厦门大学哲学系研究生班，1985 年获中山大学哲学硕士，1988 年北京大学国际政治系政治学专业毕业，获政治学博士学位，成为中国自己培养的第一代政治学博士。现任中央编译局副局长、中央编译局比较政治与经济研究中心主任、北京大学中国政府创新研究中心主任，并任中央马克思主义理论研究和建设工程"马克思主义经典

---

　*　　金太军　博士生导师，曾任南京大学政治学教授、南京师范大学特聘教授等，现任南京工业大学公共管理学院院长。

**　　闫　健　法学硕士，中央编译局比较政治与经济研究中心实习研究员。

①　本文部分内容原载汝信主编《中国当代社科精华》哲学卷，哈尔滨，黑龙江教育出版社，2001，第 161～170 页。

著作基本观点研究"课题首席专家、中国地方政府改革创新课题总负责人，兼任北京大学、清华大学、中国人民大学和复旦大学等校教授，曾任联合国政府创新咨询专家以及美国杜克大学和德国自由大学等校访问教授。主要研究领域：当代中国政治、政治哲学、比较政治、全球化、治理与善治、公民社会、政府创新等。

学术研究轨迹和主要观点

1. 当代中国政治系统研究

俞可平在国内较早运用诸如政治系统分析、政治结构功能分析和政治沟通分析等研究方法对当代中国政治进行全面的学术研究，力图探索一种具有中国特色的政治分析框架。在《当代中国政治的分析框架》（博士论文）、"转变中的中国政治"（《福建论坛》1988 年第 3 期）等论著中，他分别对当代中国政治的结构功能、运行机制、文化背景和发展进程进行了全方位的研究。他指出，从结构功能的角度看，当代中国政治有三个显著特征，即政治党团机构的行政化、政治职能机构的多重化和法定权力机构的形式化；从政治沟通的角度看，当代中国的政治体制是一种典型的单通道信息传送体制，其基本特征是政治信息传播网络的高度一元化。由于市场经济体制的引入和全球化浪潮的冲击，这种政治体制正面临着巨大的压力，它的模式维持能力、整合能力和适应能力正在经历严峻的考验。对政治体制进行全面的改革，是加速中国政治现代化，从而缓解政治系统目前所承受的巨大压力的根本途径。

具体到对中国政治的研究，俞可平提出了一个以系统、结构、功能、信息、运行机制为主体的分析框架。它有助于理解和把握各种政治现象之间以及政治现象与社会现象之间的复杂关系，有助于进行综合性的研究，开辟了一条在部分与整体、结构与功能、输入与输出的相互关系上对中国政治进行分析的途径。尤其值得注意的是，俞可平的上述研究是在 20 世纪 80 年代末进行的。这使他实际上成为中国改革政治学研究的启动者之一。

2. 增量民主研究

为了更好地理解中国民主政治的演进方式与路径，俞可平提出了"增量民主"的概念。在"增量民主：三轮两票制镇长选举的政治学意义"（《马克思主义与现实》2000 年第 3 期）、"增量政治改革与社会主义政治文明建设"（《公共管理学报》2004 年第 1 期）、"走向增量民主与治理：中国的评估标准与理论总结"（美国《新政治学》2002 年第 24 卷）、《增量民主与善治》（社会科学文献出版社，2005）等论著中，他对"增量民主"的内涵、特征以及现实意义等问题进行了深入分析。他指出，增量民主意味着政治改革和民主建设必须有足够的"存量"，但同时必须在原有的基础上有新的突破，形成一种新的增长，是对"存量"的增加；"增量民主"在过程上是渐进的和缓慢的，它是一种突破但非突变；在俞可平看来，增量民主的实质，是在不损害人民群众原有政治利益的前提下，最大限度地增加政治利益。他对渐进民主和增量民主进行了区分：尽管两者都强调民主发展的有序性、平稳性、连续性，但"渐进民主"强调的是过程，"增量民主"强调的是目标与后果；"渐进民主"强调过程的渐进性和缓慢性，而"增量民主"则在强调改革进程平稳性的同时，也强调必要时的"突破性"改革。根据增量民主的逻辑思路，他指出，深化党内民主以及推进基层民主应当成为目前我国政治体制改革的重要突破口。

增量民主理念源于对中国政治现实的思考，同时它也是对一般民主思想的丰富与发展。研究者既要有理论视野，又应有现实关怀，俞可平对此作了极好的诠释。

3. 和谐社会研究

和谐社会的本质是什么？它有哪些特征？我们如何才能构建一个和谐社会？对于这些问题，俞可平在"和谐社会面面观"（《马克思主义与现实》2005年第1期）、"社会公平和善治是建设和谐社会的两块基石"（《理论动态》2005年1月10日）、"公民社会对构建和谐社会的重要意义"（《社科论坛》2005年第3期）、"和谐社会是一个多元的社会"（《学习时报》2005年4月4日）等文章中进行了深入分析。他认为，和谐社会是社会的各种要素和关系相互融洽的状态，它涉及到人与人、人与社会、人与自然等多重关系，涵盖了人们的经济生活、政治生活、文化生活和日常生活。在他看来，在社会主义市场经济和民主政治条件下，和谐社会实质上是一个民主与善治的社会、秩序与法治的社会、公平与正义的社会、宽容与友善的社会、诚实与信任的社会。如果从公共治理的角度看，即从政府对社会公共生活的管理这个角度来看，社会公平和善治则是建设和谐社会的两块基石。他认为，社会公平就是社会的政治利益、经济利益和其他利益在全体社会成员之间合理的分配，它意味着权利的平等、分配的合理、机会的均等和司法的公正。他认为，社会公平是社会主义的本质要求，是社会主义的核心价值之一，是衡量社会全面进步的重要尺度，也是社会主义和谐社会的深厚基础。

善治是构建和谐社会的另一基石。俞可平认为，善治就是使公共利益最大化的社会管理过程和管理活动。善治的本质特征，在于它是政府与公民对公共生活的合作管理，是政治国家与公民社会的良性互动。在他看来，我们要构建和谐社会，实现善治的社会目标，就必须在以下几个方面做出努力。第一，要努力扩大公民参与公共事务和政治生活的范围，提高公民的政治参与和社会参与程度。第二，大力推进社会主义法治国家建设。第三，提高党政机关的责任心，要使政府的权威被人民自觉认可。第四，扩大政府公共服务的范围，提高公共服务的质量，为社会提供更多的公共服务。第五，不断提高政治透明度，建设廉洁政府。

俞可平的上述研究，赋予和谐社会以新的时代内涵，并为我们提供了新的研究视角，极大地推动了和谐社会研究的深入。

4. 动态稳定研究

稳定是一个社会得以发展的根本前提。那么，在市场经济和利益格局日益多元化的今天，我们如何才能保持社会稳定呢？为此，俞可平提出了"动态稳定"的概念。在"政治发展更要软着陆"（香港《大公报》2005年3月14日）、"怎样看待'动态稳定'"（《北京日报》2005年9月19日）等文章中，他对"动态稳定"的概念及特征作了详细论述。他指出，动态稳定是现代市场经济和民主政治的内在要求，它是相对于传统稳定而言的。传统的稳定是一种静态的稳定，其主要特点是把稳定理解为现状的静止不动，并通过抑制的手段维持现存的秩序。与此不同，市场经济所要求的现代的稳定则是一种动态的稳定，其主要特点是把稳定理解为过程中的平衡，并通过持续不断的调整来维持新的平衡。传统的稳定以"堵"为主，动态稳定则以"疏"为主。动态稳定意味着公民可以在法律框架内合法表达自身的利益与诉求，它鼓励公民与政府之间更多的沟通、妥协与合作，因而它对政府的执政能力提出了新的要求。在他看来，一个自信、充满活力的政府是实现动态稳定的关键。

　　一个和谐的社会必定是一个动态稳定的社会。俞可平倡导的"动态稳定"理念，对于中国政府转变执政理念、提高执政能力有着很强的启发意义。

　　5. 政府创新研究

　　政府创新是社会进步的火车头，研究政府创新问题对于推进中国政治体制改革、加快民主政治发展有很强的现实意义。在《政府创新的理论与实践》（浙江人民出版社，2005）、《增量民主与善治》（社会科学文献出版社，2005）、"创新型国家需要创新型政府"（《经济社会体制比较》2006 年第 2 期）、"论政府创新的基本问题"（《文史哲》2005 年第 4 期）、"论政府创新的主要趋势"（《学习与探索》2005 年第 4 期）、"地方政府创新与可持续发展"（在加拿大"全球化与地方自治"国际学术研讨会上的发言，2005）、"创新：社会进步的动力源"(《马克思主义与现实》2000 年第 4 期）等论著中，俞可平对政府创新的特点、意义、方式、动力、目标、趋势等问题进行了系统而深入的分析。他指出，政府创新就是公共权力机关为了提高行政效率和增进公共利益而进行的创造性改革，是一个持续不断地对政府公共部门进行改革和完善的过程。在他看来，政府创新有以下几个特点：首先，政府创新具有公共性。政府创新的主体是公共部门，特别是公共权力部门；政府创新的最终目的也是为了改善公共服务，增进公共利益。其次，政府创新具有全局性。政府创新所产生的影响，主要不是政府公共部门自身，而是广大的公民。由于政府掌握着社会的政治权力，政府创新的结果通常对社会有着广泛而深刻的影响。最后，政府创新具有政治性。政府创新是政治体制改革的重要内容，直接涉及权力关系和利益关系，十分敏感，风险性也比其他创新行为更大。政府是社会进步的火车头，政府应当成为创新的表率。他指出，一个良好的现代政府不仅应当是精简、高效、廉洁的政府，而且应当是民主、文明和创新的政府。

2000 年，俞可平发起并主持了"中国地方政府创新奖"，这是中国首个由独立的学术机构对政府改革和创新进行科学评价的奖项。迄今为止，"中国地方政府创新奖"已成功举办了三届，800 多个地方政府参与了评选活动，30 个创新项目获得了"中国地方政府创新奖"。"中国地方政府创新奖"旨在鼓励地方政府的创新与改革，发现并推广地方政府在治理创新、机构改革和公共服务中的先进经验。该奖项已经在国内外取得了广泛的社会影响。

6. 农村治理研究

中国农村的治理状况是俞可平着力颇多的另一研究领域。在"试论农村民主治理的经济基础"（《中共天津市委党校学报》1999 年第 3 期）、"中国农村的民间组织与治理——以福建省漳浦县长桥镇东升村为例"（《中国社会科学季刊》2000 年夏秋季号）、《中国农村治理的历史与现状：以定县、邹平和江宁为例》（社会科学文献出版社，2004）等论著中，他对中国农村治理的历史延续、结构、模式、过程等问题进行了深入剖析。他认为，中国农村的治理模式在很大程度上遵循了历史性的演变逻辑。它有三个特征：首先，它是一种政府主导的治理模式。近代以来，包括村民自治在内的农村治理改革都是由政府自上而下地推动的，政府通过法律、制度和政策，从整体上规范、制约和引导着农村治理的结构、职能和方向；其次，它是一种多元治理的模式。直接参与农村治理的有三种不同性质的权威：一种是官方的权威，一种是纯民间的权威，第三种是介于政府与民间两者之间的公共权威；再次，它是一种精英治理的模式。无论实行何种政治体制，农村精英始终在农村治理中占据主导地位。他认为，尽管面临着自治制度流于形式、政府干预太多以及效率低下等问题，但以村民自治为核心的中国农村治理改革必将进一步深入下去，因为它代表了中国现代农村民主政治的发展方向，对于农村社会的进步有着巨大的积极意义。

俞可平对中国农村治理模式的研究在学术界产生了很大的影响，特别是他倡导的历史比较方法与治理——善治分析方法，为中国农村问题的研究提供了新的分析工具，并推动了中国农村问题研究的进一步深入。

7. "中国模式"研究

近年来，国内外对于"中国模式"的讨论日趋激烈。那么"中国模式"讨论的背景是什么？"中国模式"有哪些特征？其实质和意义又是什么？关于这些问题，俞可平在"热话题与冷思考——关于北京共识与中国发展模式的对话"（《当代世界与社会主义》2004 年第 5 期）、"关于'中国模式'的思考"（《红旗文稿》2005 年第 19 期）、"中国模式：经验与鉴戒"（《文汇报》2005 年 9 月 4 日）等文章中进行了深入论述。他认为，"中国模式"实质上就是中国作为一个发展中国家在全球化背景下实现社会现代化的一种战略选择。它是中国在改革开放过程中逐渐发展起来的一整套应对全球化挑战的发展战略和治理模式。在他看来，中国模式的特征有：国内的改革与对外开放的结合；根据本国国情，主动积极地参与全球化进程，同时始终保持自己的特色和自主性；正确处理改革、发展与稳定的关系；坚持市场导向的经济改革，同时辅之以强有力的政府调控；推行增量的经济与政治改革，以渐进改革为主要发展策略，同时进行必要的突破性改革。他认为，中国的上述经验应当得到其他发展中国家的学习和借鉴。

同时，俞可平指出，作为一种发展模式，"中国模式"尚在形成之中，还没有完全定型。在他看来，"中国模式"要得到继续发展和完善，必须注意解决好以下问题：必须在以经济发展为核心的同时，追求社会和自然的协调发展和可持续发展；必须把效率和公平放在同等重要的地位，追求人与人、地区与地区、城市与乡村之间的平衡发展；在全面推行经济改革和社会改革的同时，适时进行以民主治理和善政为目标的政府自身改革和治理改革；在全球化时代，政府要对公民承担更大的责任；政府应当积极培育和扶持公民社会组织，为民间组织的成长创造良好的政治和法律环境。

俞可平从经验和教训两个方面对"中国模式"进行了深入分析。他的研究成果启发了中国当代政治学者的研究思路，在国内外产生了广泛的学术影响。

8. 政治哲学研究

政治哲学是俞可平最关注的领域之一。他所发表的论著中有相当一部分属于政治哲学的内容。他是目前国内学术界为数不多的专治政治哲学研究的学者之一。在《当代西方国家理论评析》（陕西人民出版社，1992）、《西方政治分析新方法论》（人民出版社，1989）、《社群主义》（中国社会科学出版社，1998）、"政治哲学概说"（《百科知识》1991年第4期）、"当代西方政治哲学的流变"（《安徽大学学报》1993年第3期）、"自由主义之后的社群主义"（《公共论丛》1998年第1期）等论著中，他对政治哲学的概念、内容、演变和流派等作了比较系统的论述，在对政治哲学的界定、政治哲学与政治意识形态的关系等问题上，作者发表了独到的看法。

俞可平认为，政治哲学主要研究政治价值和政治实质。它是关于根本性政治问题的理论，是其他政治理论的哲学基础。政治哲学是一种规范理论，其研究对象是政治价值和普遍性的政治原理。它主要提供的不是关于现实政治的知识，而是关于现存政治生活的一般准则以及未来政治生活的导向性知识，即主要关注政治价值，为社会政治生活建立规范和评估标准。换言之，它主要回答"应当怎样"的问题。例如，什么是最好的政治制度，什么是理想的政治生活等等。在这一点上，政治哲学应与其他的政治理论区别开来。一般的政治理论主要关注的是政治事实，着重回答"是什么"的问题。从这种意义上说，政治哲学不属于经验理论的范畴，甚至也不属于狭隘的科学主义者所说的政治科学的范畴。但是，以此认为政治哲学与经验事实材料毫不相干则是错误的，因为任何正确的抽象都离不开一定的经验依据，要真正弄清楚"应当怎样"，就首先必须弄清楚"是什么"和"为什么这样"。因此，政治哲学在研究政治价值的同时，也关注政治事实。不过，它所关注的不是一般的政治事件和政治现象，而是带有根本性意义的政治事实。例如，国家的性质是什么，政治的本质是什么，自由与平等的关系怎样，什么是民主国家等。

在政治哲学与政治意识形态的关系问题上，俞可平指出，政治意识形态是统治阶级自上而下灌输给公民的，它要求公民完全信仰，而政治哲学则是政治理论家对某些根本性政治问题的理论论证和阐述，它试图通过说理的方式使公民信奉一定的政治价值。但是，政治哲学的最终目标是为政治生活提供指导方向和价值标准，因而它是政治意识形态的核心和基础。任何政治意识形态必然以一定的政治哲学为基础，而任何政治哲学也必然反映着一定的政治意识形态。

政治哲学曾是政治学研究的中心问题之一，但20世纪30年代特别是二战以后，在以美国为首的西方政治学界，"规范化"的政治哲学研究一度被"科学化"的政治行为研究所取代。这股思潮也影响到改革开放后的中国政治学界，一时间注重对政治过程的动态、量化研究的呼声日渐强烈，而规范的政治哲学问题受到冷落。殊不知政治哲学和政治行为研究的并重已成为20世纪70年代以来政治学发展的一大趋势。俞可平敏锐地捕捉到并紧密跟踪这一发展态势，潜心于研究深层次、规范化的政治哲学问题，并有一系列有影响的成果问世。这对推动中国转型时期政治学的研究具有特殊的意义。

9. 治理与善治研究

俞可平是国内治理和善治理论公认的开拓者。在《治理与善治》（社会科学文献出版社，2000）、《全球化：全球治理》（社会科学文献出版社，2003）、"经济全球化与治理的变迁"（《哲学研究》2000年第10期）、"治理和善治：一种新的政治分析框架"（《南京社会科学》2001年第9期）、"全球治理引论"（《马克思主义与现实》2002年第1期）等论著中，他对治理和善治的定义、要素、特征以及全球治理的前景等问题进行了深入分析。他指出，治理一词的基本含义是指官方的或民间的公共管理组织在一个既定的范围内运用公共权威维持秩序，满足公众的需要。治理的目的是指在各种不同的制度关系中运用权力去引导、控制和规范公民的各种活动，以最大限度地增进公共利益。所以，治理是一种公共管理活动和公共管理过程。它包括必要的公共权威、管理规则、治理机制和治理方式。治理有四个特征：治理不是一整套规则，也不是一种活动，而是一个过程；治理过程的基础不是控制，而是协调；治理的主体既可以是公共部门，也可以是私人部门；治理不是一种正式的制度，而是持续的互动。治理的实质在于建立在市场原则、公共利益和认同之上的合作。他对治理和统治概念进行了区分：首先，主体不同。统治的主体一定是社会的公共机构，而治理的主体既可以是公共机构，也可以是私人机构，还可以是公共机构和私人机构的合作；其次，管理过程中权力运行的向度不同。政府统治的权力运行方向总是自上而下的，治理则是一个上下互动的管理过程。

俞可平认为，全球化要求人类政治过程的重心从统治（government）走向治理（governance），从善政（good government）走向善治（good governance）。在他看来，善治就是使公共利益最大化的社会管理过程。善治的本质特征，就在于它是政府与公民对公共生活的合作管理，是政治国家与市民社会的一种新颖关系，是两者的最佳状态。它有 10 个基本要素：① 合法性，即社会秩序和权威被自觉认可和服从的性质和状态；② 透明性，即政治信息的公开性；③ 责任性，它指的是管理人员对其行为的负责程度；④ 法治，即法律成为公共政治管理的最高准则；⑤ 回应（responsiveness），即公共管理人员和管理机构必须对公民的要求作出及时和负责的反应；⑥ 有效，主要指管理的效率；⑦ 参与，这里的参与首先是指公民的政治参与，参与社会政治生活；⑧ 稳定，它意味着国内的和平、生活的有序、居民的安全、公民的团结、公共政策的连贯等；⑨ 廉洁，主要是指政府官员奉公守法，清明廉洁，不以权谋私，公职人员不以自己的职权寻租；⑩ 公正，它指不同性别、阶层、种族、文化程度、宗教和政治信仰的公民在政治权利和经济权利上的平等。

俞可平对治理和善治理论的开创性研究，不仅拓展了中国当代政治学者的研究视角和思路，推进了中国政治学理论的研究，而且对于中国当前领导人转变执政理念、推动政治管理体制改革具有直接的意义。

10. 公民社会研究

公民社会问题是国内外学术界普遍关注的一个重大学术课题。作为国内最早倡导公民社会研究的学者之一，俞可平在20世纪90年代初就领导了一个课题小组对公民社会理论进行研究。他认为，20世纪90年代以来国内学术界对公民社会的讨论实际上可分为三个流派：其一是历史学派，以历史上的民间社会来比拟现实中的公民社会；其二是民间组织派，将公民社会界定为非官方的民间组织；其三是政治哲学派，从政治国家－公民社会的相互关系来研究公民社会，将公民社会界定为私人利益关系的总和。他在"马克思的市民社会理论及其历史地位"（《中国社会科学》1993年第4期）和"社会主义市民社会：一个新的研究课题"（《天津社会科学》1993年第4期）等论文中指出，在马克思的理论中，"公民社会"与"资产阶级社会"、"经济基础"和"生产关系的总和"等并不是完全同一的概念，公民社会是与政治国家相对应的一个分析范畴。只要有政治国家存在，就应当有与之对应的公民社会，但是在缺乏市场经济体制的高度集权的专制主义条件下，公民社会总是被政治国家吞没。一个相对独立的公民社会是现代民主的基础，而市场经济必然要求产生一个相对独立的公民社会。随着社会主义市场经济在中国的建立，一个具有中国特色的公民社会正在悄然兴起，研究中国公民社会的结构、类型、特征及其对政治生活的影响，已经成为一个紧迫的课题。

中国公民社会的制度环境是俞可平研究的另一旨趣。在

"中国公民社会：概念、分类与制度环境"（《中国社会科学》2006 年第 1 期）、"中国公民社会制度环境的主要特征"（《新华文摘》2006 年第 6 期）、"改善我国公民社会制度环境的若干思考"（《当代世界与社会主义》2006 年第 1 期）等论文中，俞可平对当代中国公民社会制度环境的内容、特征、存在的问题以及改进意见进行了深入分析。他指出，中国公民社会制度环境的特征，典型地体现为宏观鼓励与微观约束、分级登记与双重管理、双重管理与多头管理、政府法规与党的政策、制度剩余与制度匮乏、现实空间与制度空间的共存。他认为，改善中国公民社会制度环境的关键在于转变对公民社会的态度，只有给予公民社会正确的定位和合理的分类，完善相关的法律、规章和政策并促使公民社会与政府更好地合作，才能最终实现善治的社会目标。

俞可平的上述观点在国内政治学界产生了广泛的影响，特别是他对当代中国公民社会的开创性研究，推动了这一问题的深入研究，使他成为国内研究公民社会少数有造诣和贡献的政治学者之一。

11. 比较政治制度研究

比较政治是俞可平近年来研究的重点领域之一，他在"政治制度需要比较和研究"（《经济社会体制比较》1998 年第 1 期）、"政治学的公理"（《江苏社会科学》2003 年第 5 期）等文章中指出，古今中外无数思想家和政治学家通过对政治制度和政治行为的研究，发现了许多重要的政治发展规律，积累了丰富的政治科学知识，对人类不断改进自己的政治制度，从而推动社会的进步，作出了巨大的贡献。一切理智的和有责任心的政治学家和政治思想家都认识到：马克思所倡导的个性完全解放的"自由人联合体"以及人类的尊严、自由、平等都是人类的基本价值；要实现和维护人类的这些基本价值，没有一套合适的政治制度是根本不可能的；在一种不良的政治制度下，纵使有悲天悯人、正直无私的政治家和公民，最终也难免暴政和独裁；而一旦出现独裁、暴政或苛政，那么，个人的自由、平等、尊严等民主权利就不可能得到真正的保障；迄今为止，能够最为有效地抑制独裁和暴政的政治制度是民主制度。为此，政治思想家和政治学家从各自的立场出发，设计出了各种各样的民主政治制度，所有这些都应当看作是人类政治知识宝库中的财富。

非常不幸的是，对于政治学这样重要的一门科学，我们竟在 20 世纪 50 年代把它取消了，直到改革开放以后才得以恢复。在如此之久、且对新中国十分重要的这个时期里，我们不但不鼓励甚至不允许人们去研究政治学。于是，原先研究政治学的人被迫更换专业，一般学者更是唯恐躲之不及。结果是，政治学的基本知识得不到普及，许多人不知道民主是什么。一般公民对国外政治制度的知识更少得可怜，即使对大多数知识分子来讲，也仅仅知道"三权分立"、"轮流执政"等概念而已。

俞可平强调，学习、借鉴和批判国外的政治制度，一个起码的前提就是对这些制度有全面的了解。改革开放是我国的基本国策，真正的改革开放首先必须全面地了解当代世界的各种政治、经济和文化发展，惟有在全面了解的基础上才能有比较、有鉴别地吸取其精华剔除其糟粕。这些年来，我们对国外的经济和文化已多有介绍，相对说来对国外政治制度的介绍则少得多。改革开放的不断深入，要求我们全面系统地了解当今国外的各种政治制度，这不仅是因为学习、借鉴和批判国外政治制度的需要，也是因为经济和政治在任何国家都是难分难离的，不懂得一个国家的政治体制，就很难真正懂得其经济体制，也不利于制定有效的对外政策，在全球化的时代尤其如此。

正是从这一考虑出发，俞可平投入了大量精力，主持编写了中国第一套大型的比较政治研究丛书《世界各国政治制度》。编写这套丛书的原则是，尽可能完整、准确、全面地介绍当代世界主要国家和地区的选举制度、议会制度、政党制度、行政制度、文官制度、廉政制度、决策制度、自治制度、司法制度、监督制度和其他重要的政治制度，为国内学者、知识分子和干部群众了解国外政治体制提供最新的基本素材。该丛书以国别或地区为单位编写，绝大多数一国为一本，个别的几国或几个地区合为一本，每本20万字左右。选择的国家和地区是中国及中国的港澳台地区、美国、加拿大、德国和瑞士、英国、法国、意大利和梵蒂冈、荷兰、北欧四国、俄国、东盟五国、日本、韩国、南非及澳大利亚等，共16本。除美、英、日、法等少数几国政治制度，国内已有相关译著或专著出版外，其他多数国家的政治制度均是第一次与中国读者见面。该套丛书的出版（1998年3月）为深入开展比较政治研究奠定了基础，填补了国内这方面研究的一大空白。

12. 比较现代化研究

20世纪90年代初，俞可平转入比较现代化研究，着重比较各国现代化的代价。他在"中国式现代化还西方式现代化"

（杜克大学《亚太研究》1992）、"关于现代化代价的思考"（《市场经济导报》1995 年第 1 期）和"现代化进程中的民粹主义"（《战略与管理》1997 年第 1 期）等文章中指出，现代化本身就带有一定的负面作用，现代化进程必然伴随着对社会的若干消极影响。他把现代化对社会发展的消极影响称作现代化的代价，如生态失衡、环境污染、两极分化、逆差心理、政治腐败、资源浪费等。但是，各国政府完全可以通过有效的措施将现代化的代价降低到最小限度。对于现代化事业的领导者来说，应当清醒地认识到，既然要实行现代化，就必然要付出一定的代价，但必须采取一切措施将这些代价降低到最小限度；对于一般公民来说，要理解现代化对社会带来的某些不可避免的消极作用，就应当明白，只有进一步推进现代化，才能克服现代化所带来的负面影响。有远见的知识分子不应当过分渲染现代化的代价，那样极容易诱发现代化进程中可能出现的民粹主义情绪，而民粹主义虽然可能带来短期的政治和经济利益，但由于它内在地具有深刻的反市场倾向和反现代化倾向，因此，民粹主义对国家的现代化最终是有害无益的。

俞可平所进行的比较现代化研究，选择了比较各国现代化的代价这一独特的视角，以科学、冷静、客观的态度审视现代化进程中的负面效应。这不仅有助于人们更全面、深刻地理解现代化问题，消除对现代化的种种误识，而且也有助于政府有关政策和行为的合理化，因而这一研究具有重要的学术意义和现实意义。

13. 政治文化研究

政治文化是一个与政治哲学关系至为密切的领域，俞可平在重视政治哲学研究的同时，也较为关注政治文化研究，他在"政治文化概要"（《人文杂志》1989 年第 2 期）、"中国传统文化论要"（《孔子研究》1989 年第 2 期）、"30 年代中国思想中的文化与现代性"（美国《亚太研究》1994 年第 2 期）、"中国通俗文化中对毛泽东的再评价"（德国《妇女与中国研究》1995 年第 3 期）、"后革命与传统中国政治"（《天津社会科学》1998 年第 3 期）等文章中，对政治文化的内涵、要素、结构、功能，中国传统政治文化的基本特征及其现代化的途径等问题，均做了比较系统的阐述。例如，他对政治文化概念的界定（"政治文化是一种政治取向模式，包括政治认知取向、政治态度取向、政治信仰取向、政治情感取向、政治价值取向等等"）在学术界独树一帜，被研究者们广为引用。又如，在分析传统政治文化的基本特征时，他指出，国内理论界对中国传统政治文化的讨论和研究，存在着两种偏向，一种偏向是囿于中国历史论中国传统政治文化，另一种偏向是用马克思的理论套论中国传统政治文化，从而阻碍了研究的深入。他认为，不能简单地把中国传统政治文化归类于马克思所说一般封建主义的范畴。中国传统政治文化是一种绝对的专制主义，其实质就是"民本君主"，即把政治体看作是由君王和臣民这两个部分组成的统一整体；民本主义与君主主义并不是像通常所认为的那样是根本对立的思想体系，相反，它们在实质上是完全一致的，是一个问题的两个方面。它们相辅相成，一起构成了中国传统政治文化的主流。

政治文化是现代政治学研究的一个新领域，俞可平通过自己的研究分析，提出的上述有关政治文化以及中国传统文化等方面的独到见解，推动了国内政治文化研究的开展和深入。

14. 中国文化研究

文化同社会的进步与变迁有着千丝万缕的联系。那么，在现代化和全球化的时代背景下，中国文化会对中国社会的变迁产生怎样的影响？在这个过程中，中国文化本身又会发生怎样的变化？在"君子：传统文化的整合——从《菜根谭》看儒、道、释的合流"（《青年思想家》1992 年第 2 期）、"西化与中化之辩——评 30 年代前后关于中国现代化模式的两种观点"（《经济社会体制比较》1995 年第 1 期）、"现代化和全球化双重变奏下的中国文化发展逻辑"（《学术月刊》2006 年第 4 期）等文章中，俞可平对上述问题进行了深入剖析。他指出，在洋务运动以来关于中国文化的辩论中，"西化论"和"中化论"的论战一直处于整个辩论的中心。西化论者认为，西方式现代化是世界趋势，中国文化与西方文化根本冲突，因而中国传统文化基本上无可取之处，理应遭到摈弃；中化论者则认为，东西方文化是可以共存和互补的，中国文化有其合理内容和存在价值，中国的特殊国情决定了中国既无可能也无必要照搬西方国家的现代化模式。他认为，从方法论上看，"西化论"和"中化论"都存在着一些致命缺陷：它们都把现代化当作是一个全然积极的过程，没能看到现代化内在的局限性，而这种局限性恰恰正是造成现代化进程在中国一再中断的重要原因之一；它们都把文化当作现代化的决定性变量，试图以此来解释中国现代化的成败，这一共同的方法论弱点注定了无论是"中化论"还是"西化论"都不可能对中国的现代化历程作出深刻的分析和正确的评估。

关于改革开放后中国文化的发展逻辑，俞可平指出，改革开放后中国文化的发展和变迁深深烙上了全球化和现代化的时代印记。在"现代化和全球化双重变奏下的中国文化发展逻辑"（《学术月刊》2006年第4期）等文章中，他指出，现代化和全球化的交织与重合，是理解改革开放以来中国文化转型的钥匙。改革时期发生在中国的文化讨论，实质上是中华民族对现代化和全球化的一种文化反应，是中国传统文化在现代化和全球化条件下发生转型的逻辑结果。他指出，从洋务运动开始，贯穿于整个中国现代化进程的"中化"与"西化"、"传统"与"现代"、"中体"与"西用"等文化话语，在知识界的影响力正在日益淡化，开始让位于其他重要话语，如"全球化"与"本土化"、"全球性"与"民族性"、"国家认同"与"民族认同"等。他预言，从五四运动开始的中国文化转型过程，已经接近完成，一种新型的中国主流文化正在形成之中。这种新型的主流文化，既不是传统文化的复兴，也不是西方文化的移植。它深深植根于中国传统之中，同时充分地吸收了其他文明的优秀成果。

俞可平对中国文化的研究，紧扣现代化和全球化的时代背景，对于我们理清研究脉络、拓展研究视野有着很强的指导意义。

15. 全球化研究

俞可平是国内最早进行全球化研究的学者之一。在《全球化的悖论：全球化与当代社会主义、资本主义》（中央编译出版社，1998）、"全球化研究的中国视角"（《东方》2001年第2、3期）、"全球化与中国政治发展"（韩国《东亚研究》

2003 年第 44 辑)、《全球化与国家主权》（社会科学文献出版社，2004）、《全球化与政治发展》（社会科学文献出版社，2005）等论著中，他对全球化的本质与特征、全球化与国家主权的关系、全球化对政治发展的影响、全球化对当代社会思潮的影响等问题进行了深入阐述。

根据俞可平的定义，全球化是一个整体性的社会历史变迁过程。其基本特征就是，在经济一体化的基础上，世界范围内产生一种内在的、不可分离的和日益加强的相互联系。在他看来，全球化本质上是一个内在地充满矛盾的过程，是一个矛盾的统一体：它既包含一体化的趋势，又包含分裂化的倾向；既有单一化，又有多样化；既是集中化，又是分散化；既是国际化，又是本土化。同时，全球化又是一个合理的悖论，它本身蕴涵的内在矛盾既是一种客观存在，同时又会推动人类的进步与发展。他认为，虽然全球化首先表现为经济的一体化，但经济生活的全球化必然对包括政治生活和文化生活在内的全部社会生活产生深刻的影响。全球化对政治价值、政治行为、政治结构、政治权力和政治过程的深刻影响，集中地体现为它对基于国家主权之上的民族国家构成了严重的挑战。在他看来，国家主权确实受到了全球化的深刻影响。但与此同时，民族国家及国家主权在国内和国际政治生活中仍处于核心地位并且起着核心作用，国家及其主权的基本功能并未消失。他认为，对于民族国家而言，全球化既意味着挑战，也意味着机遇，关键取决于政府选择怎样的应对策略和治理模式。

全球化对中国政治的影响，是俞可平研究的重点之一。他指出，经济全球化对中国社会生活产生的影响，既有积极的意义，又有消极的影响。勇敢地面对全球化的挑战，主动参与全球化进程，采取切实有效的措施和政策，尽可能地避免或降低其消极影响，增加其积极的意义，是我们对待经济全球化的正确态度。他认为，参与全球化过程对于中国这样的发展中国家来说不是愿意不愿意的问题，而是怎样选择时机和方式参与，同时尽可能地避免经济全球化对国内政治经济所带来的消极影响的问题。中国政府积极奉行对外开放政策，积极发展与世界各国的经济贸易合作，努力争取加入世界贸易组织。这表明中华民族正在以积极主动的态度参与经济全球化进程，并且正在通过一定的方式和速度进入经济全球化的进程。中国的改革开放过程从某种意义上说就是一个积极参与经济全球化的过程。在全球治理方面，中国政府积极担负起对国际社会的和平与安全的重大责任，在联合国和其他国际组织中充任重要角色，致力于确立一整套新的国际政治经济秩序，谋求全人类的和平与发展。在国内治理方面，逐步确立和弘扬以民主和法治为核心的政治价值，在继续推进善政的基础上，积极推行以"民主、法治、效率、透明、廉洁、负责、合作、参与和公正"为主要标准的善治，是经济全球化对我们提出的政治要求，也预示了经济全球化背景下中国政治的发展方向。

全球化是我们这个时代的特征。俞可平的上述见解不仅加深了我们对全球化的理解，其带来的学术影响以及引发的学术争鸣，还推动了国内全球化研究的进一步深入。

16. 马克思主义研究

作为马克思主义理论研究和建设工程"马克思主义经典著作基本观点研究"课题的首席专家，俞可平对马克思主义理论进行了深入研究。在"马克思主义与现代西方政治学"（《马克思主义与现实》1991 年第 2 期）、"马克思的市民社会理论及其历史地位"（《中国社会科学》1993 年第 4 期）、《全球化时代的马克思主义》（中央编译出版社，1998）"马克思主义对当代西方社会科学的巨大影响"（《学习时报》1999 年 6 月 28 日）、"人的全面发展：马克思主义的最高命题和根本价值"（《马克思主义与现实》2001 年第 5 期）等论著中，他对马克思主义的最高命题、马克思主义对当代西方哲学社会科学的深刻影响，以及今天我们应当如何对待马克思主义经典著作等重大问题，发表了自己系统的看法。

俞可平认为，马克思主义的最高命题或根本命题，就是"一切人自由而全面的发展"。共产党人的所作所为，归根结蒂就是为"人的自由而全面的发展"提供政治、经济和文化的保障，就是最大限度地有利于"人的自由而全面的发展"。因为根据马克思的观点，共产主义社会就是"以每个人的全面而自由的发展为基本原则的社会形式"。因此，坚持马克思主义，首先应当坚持马克思主义的这一根本价值和最高命题。衡量一种理论和实践是否是马克思主义的，必须看这种理论和实践是否符合马克思主义的这一根本价值和最高命题。"以人为本"，就是充分尊重人的个性、尊严和权利，将人民的利益放在最优先的位置，促进人的全面发展。这一原则是马克思主义关于"人的自由而全面的发展"的题中之义。因此，"以人为本"与"人的自由而全面的发展"是同一命题的不同表述，其实质是完全一致的。人的全面发展，必然要求人、自然、社会之间的内在和谐，要求人们在政治、经济和文化方面协调发展。可见，科学的发展观，也是"人的自由而全面的发展"这一马克思主义最高命题的逻辑要求。他说，马克思主义的最高目标就是实现每个人自由而全面发展的共产主义社会。具体地说，就是消灭人类社会在经济上的剥削和政治上的压迫，消灭产生剥削和压迫的社会制度，解放被剥削和被压迫的工人阶级，最终解放全人类，建立一个自由人的联合体，实现人性的完全复归和个性的彻底解放。在他看来，马克思主义是一套认识和改造世界的完整理论体系和科学方法，贯穿于马克思主义理论体系背后的，是一种科学精神，即对任何重大问题的认识和分析，必须实事求是，从实际出发，辩证地、历史地加以看待，而不是墨守成规，拘泥于教条和书本。

关于在今天的现实条件下，我们应当如何正确对待马克思主义的经典著作，俞可平提出了三点看法。首先，应当历史地看待马克思主义经典著作。其次，应当全面地对待马克思主义经典著作。最后，应当发展地看待马克思主义经典著作。他的结论是，立足当代中国和世界发展变化的新实践，以我们眼下正在做的事情为中心，科学地、完整地研究马克思主义经典著作中的基本观点，忠实于经典著作的原意；结合新的实际，通过理论创新，深化对马克思主义的理论研究；努力分清哪些是必须长期坚持的马克思主义基本原理，哪些是需要结合新的实际丰富和发展的理论判断，哪些是必须破除的对马克思主义的教条式的理解，哪些是必须澄清的附加在马克思主义名下的错误观点。这应当是我们今天正确对待马克思主义经典著作的根本态度。

俞可平的研究指明了马克思主义的本质内涵与根本命题。这对于我们解放思想、正确理解、认识和运用马克思主义有着很强的现实指导意义。

17. 国外社会主义理论研究

苏东剧变后，作为一种实践的社会主义运动陷入了低潮。但是在西方学术界，由苏东剧变引发的对社会主义本质内涵与前途命运的大辩论却愈演愈烈。在《全球化时代的"社会主义"》（中央编译出版社，1998）等论述中，俞可平对这场辩论的内容、特征、意义等问题进行了总结和归纳。他认为，这场辩论主要是围绕两个问题展开的，一是社会主义的核心价值和基本目标，二是社会主义的政治经济制度。在他看来，20世纪90年代以来的西方社会主义观与以往的社会主义观在许多重大问题上有着显著的区别。历史上，社会主义者常常把主要精力放在揭露和批判资本主义制度的无效和罪恶，现在他们开始将主要精力放在反思社会主义的危机和前途上；历史上的社会主义者主要关注的是社会体制自身的问题，而当代的西方社会主义者在关注社会体制的同时，也日益关注社会体制之外的生态环境问题，以致出现了所谓的生态社会主义；历史上的社会主义者往往同时强调平等和效率的价值，而现在越来越多的西方社会主义者在强调经济发展的极端重要性的同时，更加强调平等对于社会主义的首要价值；社会主义者都极其重视民主，包括政治民主和经济民主，但在20世纪90年代的西方社会主义学者中间似乎越来越多的人更强调经济民主；传统社会主义者拒绝市场经济而恪守计划经济，西方社会主义学者则倡导市场经济，认为无市场不仅不能有效发展生产，并且还会使公有制最终堕变为官僚所有制；传统的社会主义者一直主张国有经济的绝对主导地位，西方社会主义者则倡导私有与国有相结合，私有经济占相当比重的"混合经济"。他认为，对这些西方社会主义的新观点进行科学的分析，对于正确认识当代资本主义和社会主义所面临的问题，有着不可忽视的意义。

学术研究要求研究者具备广阔的研究视野与敏锐的问题意识。俞可平敏锐地捕捉了社会主义思潮在全球化时代的一些新变化，不仅开阔了我们的研究思路，而且其治学态度也为我们树立了典范。

18. 当代资本主义理论研究

俞可平长期以来一直关注当代资本主义的发展状况。在"全球化时代的资本主义"（《马克思主义与现实》2003年第1期）等文章中，他对当代资本主义的模式、特征、发展趋势等问题进行了深入阐述。通过比较分析，他认为，尽管存在着这样或那样的差异，当代资本主义国家之间还是存在着这样一些共同的制度性要素，如市场经济、私有制主导、多党政治、代议民主、三权分立、福利国家、多元意识形态等。他着重评析了西方左翼学者对当代资本主义的观点。通过对全球资本主义、数字资本主义、赌场资本主义以及新帝国主义等西方左翼思潮的深入分析，他总结了西方左翼学者对当代资本主义的观点，主要包括：资本主义已经高度全球化，当代资本主义是全球化时代的资本主义；资本主义已经高度信息化，当代资本主义是信息时代的资本主义；资本主义社会具有高度的风险性，当代资本主义已经进入风险时代；资本主义具有极度的对外扩张性，当代资本主义已经进入新帝国主义时代；资本主义的整个政治上层建筑已经发生重大变化，出现了所谓的"后现代政治"；资本主义的意识形态正在经历重大的变化，出现了所谓的"文化唯物主义"；西方左翼学者在充分肯定当代资本主义新变化的同时，对其存在的弊端和危机进行了无情的揭露和严厉的批判。他认为，重视西方左翼学者对当代资本主义的分析，对于全面认识资本主义在当代的最新发展及其本质特征，是极为必要的。

通过分析，俞可平认为，西方的资本主义研究出现了一些新的特点。比如，西方学术界传统的左、中、右的界限日益变得模糊不清；左翼理论阵营内部发生急剧的分化，流派众多；从整体上说，西方左翼学者缺乏对当代资本主义的政治性批判；西方左翼学者对当代资本主义的批判，缺乏切实可行的理想目标等。在他看来，西方左翼学者的理论和学说本身就是资本主义现实世界的组成部分，因而他们的分析无法摆脱其内在局限性。

俞可平对当代资本主义的研究，为我们提供了新的研究方法和素材。尤其是他将全球化作为研究当代资本主义的时代背景，更是启发了学者们的研究思路，在学术界产生了广泛的影响。

19. 政治学学科建设

作为一名政治学者，俞可平非常关注我国政治学学科建设。他在《当代中国政治分析框架》、《西方政治分析新方法论》、"从政治行为主义的得失看我国政治学的发展方向"（《政治学研究》1987 年第 3 期）、"让政治学在新世纪再放光彩"（《中国社会科学》2000 年第 1 期）等论著中，多次提出要发展马克思主义的政治学，建设有中国特色的政治科学，并着重从以下几个方面提出了自己的思考：一是政治研究必须最密切地与现实相结合，同时又不仅仅局限于对现存问题的研究。任何政治理论、政治分析都必须最紧密地与现实相联系，但是，现实不等于现存，现实是具有必然性的现存。政治学研究不能仅局限于现实的东西，而是应研究合乎必然性的政治现实，把握政治发展的规律。二是政治学研究既要服务于现实，又要重视自身的理论建设。政治学是一种意识形态，作为一种意识形态，它必然有其现实基础，也必然要为现实服务；政治学也是一门科学，作为一门科学，它又有相对的独立性和自己的逻辑体系。因此，我国的政治学研究者既要自觉注意建设一门具有严密逻辑体系的政治科学，又要使它最大限度地服务于社会主义现代化建设的现实，使这两者达到尽可能完善的统一。三是政治学研究必须始终坚持历史的和哲学的方法，同时兼用所有有助于政治学研究的自然科学和其他社会科学的方法。因为只有运用历史的和哲学的方法，才能揭示出政治现象的本质，而自然科学方法和其他有关社会科学的方法则能使我们对政治现象的理解更具体更丰富。四是政治学研究应当尽可能地吸取其他有关学科的最新成果，并把它们融合到政治科学中去，但是政治科学自身必须保持相当的独立性，不能被其他学科所取代。

俞可平关于政治学学科建设的上述观点，形成于 20 世纪 80 年代末。这些观点在当时的政治学界产生了一定影响，并逐渐为许多政治学者所认同，对促进中国改革时期政治学科的发展和成熟起到了积极的作用。

主 要 论 著

1. 《当代中国政治的分析框架》（博士学位论文），1988。

2. 《西方政治分析新方法论》（专著），北京，人民出版社，1989。

3. 《现代西方国家学说史》（合著），福州，福建人民出版社，1993。

4. 《当代西方国家理论评析》（主编），西安，陕西人民出版社，1994。

5. 《国外学者论中国经济改革》（主编），北京，中央编译出版社，1997。

6. 《社群主义》（专著），北京，中国社会科学出版社，1998。

7. 《当代中国的政治体制》（专著），兰州大学出版社，1998。

8. 《权利政治与公益政治》（专著），北京，社会科学文献出版社，2000。

9. 《中国公民社会的兴起与治理的变迁》（合著），北京，社会科学文献出版社，2002。

10. 《政治与政治学》（专著），北京，社会科学文献出版社，2003。

11. 《全球化与国家主权》（专著），北京，社会科学文献出版社，2004。

12. 《权利政治与公益政治》（专著），北京，社会科学文献出版社，2005。

13. 《增量民主与善治》（专著），北京，社会科学文献出版社，2005。

14. 《全球化与政治发展》（专著），北京，社会科学文献出版社，2005。

15. 《政府创新的理论与实践》（合著），杭州，浙江人民出版社，2005。

16. 《民主与陀螺》（专著），北京大学出版社，2006。

17. "人权引论"，《政治学研究》1989年第4期。

18. "中国传统政治文化论要"，《孔子研究》1989年第2期。

19. "政治哲学概论"，《百科知识》1991年第4期。

20. "政府在东亚工业化进程中的作用"，《经济社会体制比较》1991年第6期。

21. "历史是贵族阶级的坟场——帕雷托精英理论述评"，《中国社会科学季刊》（中国香港）1992年11月第1卷。

22. "马克思的市民社会理论及其历史意义"，《中国社会科学》1993年第4期。

23. "30年代中国思想中的文化与现代性"（英文），《亚太研究》（Asian Pacific Studies, U. S. A.）1994年第2期。

24. "中国现代化进程中的知识分子（洋务运动至1949年）"，《天津社会科学》1996年第5期。

25. "社群主义公益政治学评析"，《中国社会科学》1998

年第 3 期。

26. "现代化进程中的民粹主义"，《战略与管理》1997 年第 1 期。

27. "政治制度需要研究和比较"，《经济社会体制比较》1998 年第 1 期。

28. "全球化时代的社会主义"，《马克思主义与现实》1998 年第 2 期。

29. "中国农村的民间组织与治理——以福建省漳浦县长桥镇东升村为例（上）"，《中国社会科学季刊》2000 年夏季号。

30. "中国农村的民间组织与治理——以福建省漳浦县长桥镇东升村为例（下）"，《中国社会科学季刊》2000 年秋季号。

31. "经济全球化与治理的变迁"，《哲学研究》2000 年第 10 期。

32. "中国现代化进程中的知识分子：洋务运动至 1949 年"，《中国研究》2001 年第 7 期。

33. "人的全面发展：马克思主义的最高命题和根本价值"，《马克思主义与现实》2001 年第 5 期。

34. "治理和善治：一种新的政治分析框架"，《南京社会科学》2001 年第 9 期。

35. "走向增量民主与治理：中国的评估标准与理论总结"，《新政治学》（美国）2002 年第 24 卷。

36. "政治学的公理"，《江苏社会科学》2003 年第 5 期。

37. "中国地方政府的改革与创新"，《经济社会体制比较》2003 年第 4 期。

38. "全球化与中国政治发展",《东亚研究》（韩国）第 44 辑。

39. "全球化时代的资本主义",《马克思主义与现实》 2003 年第 1 期。

40. "当代西方政治思潮概述",《教学与研究》2004 年第 6 期。

41. "增量政治改革与社会主义政治文明建设",《公共管理学报》2004 年第 1 期。

42. "中国农村治理的历史与现状",《经济社会体制比较》2004 年第 2 ~ 3 期。

43. "论全球化与国家主权",《马克思主义与现实》2004 年第 1 期。

44. "论政府创新的主要趋势",《学习与探索》2005 年第 4 期。

45. "全球化与中国政府的能力",《公共管理学报》2005 年第 1 期。

46. "科学发展观与生态文明",《马克思主义与现实》 2005 年第 4 期。

47. "全球化与新的思维向度和观察角度",《史学理论研究》2005 年第 1 期。

48. "观念的碰撞与社会的进步",《马克思主义与现实》 2005 年第 3 期。

49. "论政府创新的若干基本问题",《文史哲》2005 年第 4 期。

50. "中国模式：经验与鉴戒"，《文汇报》2005 年 9 月 4 日。

51. "中国公民社会：概念、分类与制度环境"，《中国社会科学》2006 年第 1 期。

52. "创新型国家需要创新型政府"，《经济社会体制比较》2006 年第 2 期。

53. "改善我国公民社会制度环境的若干思考"，《当代世界与社会主义》2006 年第 1 期。

54. "现代化与全球化双重变奏下的中国文化发展逻辑"，《学术月刊》2006 年第 4 期。

55. "'全世界无产者联合起来！'还是'全世界劳动者联合起来！'——从 1888 年英文版《共产党宣言》结束语的修改谈对待马克思主义经典著作的正确态度"，《马克思主义与现实》2006 年第 3 期。

中国公民社会的兴起与治理的变迁

俞可平　等著

2004 年 5 月出版　39.00 元

ISBN 7-80149-789-9/F·132

　　本书主要研究改革开放后兴起的民间组织及其对社会政治生活的影响，分别选择了有代表性的中国青少年基金会、行业协会、村民组织、社区组织为实例，对民间组织的结构、功能、运行机制、管理方式及其对治理的影响进行了比较全面的研究，对中国公民社会的兴起及其对善治的意义做了初步的理论概括。

地方政府创新与善治：案例研究

俞可平　主编

2003 年 9 月出版　22.00 元

ISBN 7-80190-041-3/D·005

　　本书是对首届"中国地方政府创新奖"中获得优胜奖的 10 个项目进行了较长时间的实地跟踪研究后所做的案例研究报告，在相当程度上反映了改革开放以来，特别是 20 世纪 90 年代以来，县级以下地方政府在推进基层民主治理方面的最新成就。

社会科学文献出版社网站

www.ssap.com.cn

1. 查询最新图书　　2. 分类查询各学科图书
3. 查询新闻发布会、学术研讨会的相关消息
4. 注册会员，网上购书

　　本社网站是一个交流的平台，"读者俱乐部"、"书评书摘"、"论坛"、"在线咨询"等为广大读者、媒体、经销商、作者提供了最充分的交流空间。

　　"读者俱乐部"实行会员制管理，不同级别会员享受不同的购书优惠（最低 7.5 折），会员购书同时还享受积分赠送、购书免邮费等待遇。"读者俱乐部"将不定期从注册的会员或者反馈信息的读者中抽出一部分幸运读者，免费赠送我社出版的新书或者光盘数据库等产品。

　　"在线商城"的商品覆盖图书、软件、数据库、点卡等多种形式，为读者提供最权威、最全面的产品出版资讯。商城将不定期推出部分特惠产品。

咨询 / 邮购电话：010-65285539　　邮箱：duzhe@ssap.cn

网站支持（销售）联系电话：010-65269967　　QQ：168316188　　邮箱：service@ssap.cn

邮购地址：北京市东城区先晓胡同 10 号　社科文献出版社市场部　邮编：100005

发行户名：社会科学文献出版社发行部　　开户银行：工商银行北京东四南支行　　账号：0200001009066109151

图书在版编目（CIP）数据

民主是个好东西：俞可平访谈录/闫健编. —北京：
社会科学文献出版社，2006.10
ISBN 7 - 80230 - 227 - 7

Ⅰ. 民...　Ⅱ. 闫...　Ⅲ. 民主 - 研究　Ⅳ. D082

中国版本图书馆 CIP 数据核字（2006）第 074055 号

民主是个好东西
——俞可平访谈录

编　　者/闫　健

出 版 人/谢寿光
出 版 者/社会科学文献出版社
地　　址/北京市东城区先晓胡同 10 号
邮政编码/100005
网　　址/http：//www. ssap. com. cn
网站支持/（010）65269967
责任部门/社会科学图书事业部（010）65597353
电子信箱/shekebu@ ssap. cn
项目经理/王　绯
责任编辑/陈　韬
责任印制/盖永东

总 经 销/社会科学文献出版社发行部
　　　　　（010）65139961　65139963
经　　销/各地书店
读者服务/市场部（010）65285539
法律顾问/北京建元律师事务所
排　　版/北京中文天地文化艺术有限公司
印　　刷/北京美通印刷有限公司

开　　本/787×1092 毫米　1/20 开
印　　张/14　字数/180 千字
版　　次/2006 年 10 月第 1 版
印　　次/2006 年 10 月第 1 次印刷

书　　号/ISBN 7 - 80230 - 227 - 7/D·047
定　　价/35.00 元

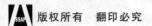